じゃじゃ馬皇女と公爵令息　両片想いのふたりは今日も生温く見守られている2

月神サキ

Saki Tsukigami Presents

fairy kiss

この作品はフィクションです。
実際の人物・団体・事件などに一切関係ありません。

じゃじゃ馬皇女と公爵令息
両片想いのふたりは今日も生温く見守られている2

序章　次期女帝、困惑する

「……ついに戻ってきたわ」

感慨深い気持ちで馬車の中からメイルラーンの都を眺める。

帝都ロディウムは今日も賑《にぎ》やかで、多くの人が行き交っていた。

◇◇◇

今年十九歳となった私、ディアナ・メイルラーンは、メイルラーン帝国皇帝の唯一の子にして次期皇帝。

銀色の髪と燃えるような赤い瞳を持つ、わりと気の強い女である。

体術に優れ、代々メイルラーン帝国の皇帝と契約しているフェンリルという氷の上級精霊を譲り受けた召喚士でもあった。

そんな私は今から約一年前、メイルラーン皇帝である父とかけ合い、大陸東に位置するフーヴァル王国にあるフーヴァル学園へと転入した。

その目的は、婿探し。

自国の見合いではついぞ見出《みいだ》すことのできなかった生涯の伴侶を、優秀な人材を輩出すると有名なフーヴァル学園で見つけようと考えたのだ。

そうして出会ったのが、クロム。

サウィン公爵家次男の彼は、黒髪に灰色の目をした鋭い雰囲気を纏《まと》う同い年の男だ。

成績優秀で、武芸の腕前も相当なもの。クロムに一目惚《ひとめぼ》れした私は、彼を得るべくそれはもう頑張った。

幸運なことにクロムも私のことを好いてくれて、フーヴァル学園を卒業したら結婚しようね的な約束を交わす仲になったのだ。

そして先日、ついに学園を卒業。約束通りクロムを迎えに行った私は、彼を連れて意気揚々と馬車で帰国した。それが今。

すでに父に話はつけてある。私たちを待つのは結婚式のみという状況。

きっと帝都はお祝いムード一色だとそう思っていたのだけれど。

「……おかしいわね。普通すぎるわ」

馬車の中から外の景色を眺め、首を傾《かし》げる。

そこには、いつも通りの町の様子があった。

馬車が行き交い、人々は買い物したり、楽しげに話したりしている。

皆が普通に生活する姿。

それは自然で、帝位継承者の結婚式が行われる直前にはとてもではないが思えなかった。

「どういうこと……？」

結婚式直前ともなれば、もっとお祝いムードに溢《あふ》れているものではないのだろうか。

あと、私たちの馬車を見かけたら駆け寄ってきたり「おめでとうございます」と言ったりするものではないのか。

そういうのを想像していただけに、今のいつも通りすぎる皆の様子に拍子抜けした気分だった。

「どうしたんだ。ディアナ」

首を傾げていると、隣に座ったクロムが私の手を握り、尋ねてきた。

馬車の中はふたりきりで、他には誰もいない。

契約精霊のフェンリル——フェリもいないし、メイルラーンまでついてきてくれたブランという
クロムの友人も別の馬車に乗っている。

恋人同士の私たちに気を遣ってくれたのだ。

クロムの手の温度を心地好《よ》いと思いながら、私は彼の方を向いた。

灰色の瞳が心配そうに揺れている。

心配する必要はないと示すように手を握り返し、笑顔を見せた。

「大したことじゃないの。ただ、ちょっと普通すぎるのではって思っただけ。だって帝位継承者の結婚式が行われるのよ？　こういう時って、町を挙げてお祝いするものではないかしら」

「なるほど」

少し考える仕草を見せたあと、クロムが口を開いた。

「……フーヴァルでも、王家の人間が結婚するという話になれば、町全体が盛り上がるだろうな。ディアナ、皇帝陛下は帰ったらすぐに結婚式だと仰《おっしゃ》っていたのか?」

「ええ。そういう話だったわ。それを確認してからあなたを迎えに帝都を出たのだもの」

「……そうか。だとすると、確かにおかしいな。俺はメイルラーンの都は初めて訪れたが、それでもこれは変だと断言できる。あまりにも普通だ」

「そうなのよ……。少しは祝福ムードが漂っているものよね?」

「自国の皇族が結婚するとなれば、普通はそうだろう」

「じゃあ、これはどういうこと?」

ふたりで首を傾げるも結論は出ない。

もうすぐ帝城に着くことだし、父に聞けばどういう状況なのか教えてくれるだろう。疑問は尽きないが、それを待つしかない。

マイペースに走る馬車にじれったさを感じつつ、それから一時間後、帝城へと到着した。

◇◇◇

帝城に着いた私とクロムは、皇帝である父の執務室へと通された。

広い執務室には、父の他には誰もいない。

先に人払いを済ませていたのだろう。その執務室では父が書類にサインをしていたが、私たちを見ると、分かりやすく顔を輝かせた。

「おお、ディアナ。戻ったか。……そちらが婿のクロム・サウィン殿だな？　待っていたぞ」

椅子から立ち上がり、私たちの方へとやってくる父。

父がクロムに手を差し出す。クロムも素直に応じた。

「初めまして。クロム・サウィンと申します」

「君の勇姿は水晶玉の映像記録を見て知っている。娘が君を射止めたこと、嬉《うれ》しく思う」

「……ありがとうございます」

笑顔を見せる父に、クロムはホッと息を吐《つ》いた。

私から両親は歓迎していると聞いてはいても、実際に会うまでは多少の不安もあったのだろう。

父の態度を見て、安心できた様子だった。

「お父様」

ふたりが握手を交わすのを見届けてから、父に声をかける。

早く今の状況について尋ねたかったのだ。

父の視線がこちらを向いたのを確認した私は、逸《はや》る気持ちを抑えて話を続けた。

「今、帝都を見てきましたが、町の皆は至って普通の様子でした。帝位継承者が結婚するというのに、あまりにも無関心というか。お父様は理由をご存じではないでしょうか」

「……その話なのだが」

父が口をへの字型に曲げる。その様子から、あまり快くない話になることを察し、自然と眉が中央に寄った。

そんな私に父が告げる。

「お前がクロム殿を迎えに行ってすぐ、結婚式についてのふれを出そうとしたのだ。だが、その直前に大臣共が大挙して押し寄せてきて『優秀かは知らないが、他国の男などに未来の女帝をやることはできない』と言い出した」

「はあ!?」

なんだそれ。

あまりの言い分に、カチンときた。思わず父に突っかかる。

「他国の男にって、偏見にもほどがあるでしょう。それにクロムはあのサウィン公爵家の次男で、フーヴァル学園を首席卒業した優秀な人です。文句を言われる筋合いはありません」

「私もそう言った。だが、大臣共は納得しなくてな。結果、ふれを出すことはできず、挙式の準備をしようにも反対が多すぎて不可能になり、延期せざるを得ない。現在はそういう状況だ」

「何それ!」

考えもしなかった状況に眦《まなじり》を吊《つ》り上げた。

私はすっかりクロムと結婚する気満々で帰ってきたのに、まさかの大臣たちが反対しているとか。

「お父様。臣下を説得するのは皇帝であるお父様の役目ではありませんか。それができないなんて怠慢と言われても仕方ないのでは?」

腹立たしい気持ちのまま父に告げるも、彼は首を横に振るだけだ。

「そう言われてもな。皇帝とはいえ、国は私ひとりで回しているものではない。皆の反対を押し切るような真似はできまいよ」

「……うぐぐ」

正論を突きつけられ、呻《うめ》くしかできない。

しかしここに来て、まさか大臣たちが反対してくるとは思いもよらなかった。

何せうちの国は父の施政方針に従うのが基本だから。

余程のことがない限り、大臣たちは逆らわないのだ。だから、今回の私の結婚も横やりを入れてこられるとは思ってもみなかったのだけれど。

一体どうしてくれようと思っていると、ちょうどそのタイミングで執務室の扉がノックされた。

「陛下、失礼致します」

「なんだ」

声をかけてきたのは、部屋の前にいた警備兵だ。父が返事をすると、彼は困惑を隠しきれない様子で言った。

「その、姫様が帰ってきているのなら挨拶がしたいと、皆様仰っているのですが」

「皆？　ひとりではないのか？　誰だ」

父が尋ねる。警備兵は「大臣方、皆様お揃《そろ》いです」と答えた。

「……全員？　全員ここに来ているのか」

「はい。どう致しましょうか」

指示を仰ぐ兵士の声は困り切っている。そんな中、父は私に視線を向けた。

自分で状況を確認しろという意味をしっかりと受け取り、頷《うなず》く。

「ちょうど良い機会です。皆の話を聞きたいと思っていたところですし、私の方は一向に構いません」

「ふむ。そうだな。良いだろう。――通せ」

「はっ」

父の命令に兵士が扉を開く。しばらくして、十人ほどの男性がぞろぞろと入ってきた。

二十代に見えるような人はひとりもいない。

父と近しい年代の人が多かった。彼らは私に目を向けると、すぐに隣にいたクロムに視線を移す。その目が値踏みするようなもので不快だ。

ムッとしていると、ひとりの男性が一歩前に進み出てきた。

「皇帝陛下」

頭を下げたのは、外務大臣を務めているエリッサ公爵だ。公爵のすぐ隣には、アネスト侯爵もいる。彼は内務大臣として、帝国の事務系を取りまとめている人物でもあった。

「ディアナ殿下とのご歓談中、失礼致します。是非、我々にも帰国の挨拶をさせていただきたく」

「良いだろう」

頭を下げる大臣たちに、父が頷く。

「ディアナにお前たちのことを話していたところだ。ちょうどいい。お前たち自身の口で、娘を説得してくれ」

「説得、ですか?」

「お前たちはディアナの結婚に反対しているだろう? それについてだ」

「ああ」

思い当たったという顔をするエリッサ公爵。アネスト侯爵や他の大臣たちも「そういえば」みたいな顔をしている。実にわざとらしい。

内心、イラッとしていると、エリッサ公爵は私の方を向き、深々と頭を下げた。

「まずはディアナ殿下、ご帰国のお喜びを申し上げます。メイルラーンの次期皇帝が無事、フーヴァル王国からメイルラーンにお戻りになったこと、臣下一堂胸を撫《な》で下ろしました」

「……ありがとう。別に危険なこともなかったけど」

大袈裟《おおげさ》な言葉に眉を寄せつつも、答える。エリッサ公爵が咎《とが》めるような顔で私に言った。

「その上で、申し上げます。どうしてわざわざフーヴァルになど行かれたのですか。皇帝陛下に聞けば、単身婿となる人物を探しに行ったとのこと。殿下ともあろう方がわざわざ。正気を疑いかねる行動です」

「……正気だからこそ行ったのだけど。この国で見合いを続けたところで、私が納得できる人物と出会えるとは思えない。お父様にも相談した結果よ」

バシッと言い切る。エリッサ公爵は嫌そうに顔を歪《ゆが》め、首を横に振った。

「フーヴァルになど婿を求められなくても、メイルラーンにも優秀な人材はいくらでもおります。仰っていただければ、私共の方でご用意も致しましたが」

「あなたたちが用意した男に碌《ろく》なのがいなかったから言っているのよ。とにかく私はフーヴァルに行ったことを後悔していないし、あなたたちに文句を言われる筋合いもないわ。こうしてクロムという婿を見つけることもできたわけだし」

隣に立つクロムに目をやる。大臣たちは憎々しげにクロムを見た。中には堂々と舌打ちしている者すらいる。

私がこの国で見合いをした男性の中には、大臣たちの息子や親戚も多かった。きっと彼らは自分の息のかかった者を私の婿にして、実権を握りたいとかそんな風に考えていたのだろう。それが失敗したから、私がクロムを連れ帰ったことが気に食わないのだ。

エリッサ公爵を真っ直《す》ぐに見つめる。

「それで？　本題に入りましょうか。あなたたちがクロムとの結婚に反対していると聞いたのだけれど、一体どういうことかしら」

「どういうこと、とは？」

実にわざとらしくエリッサ公爵が目を見張る。私を怒らせて、冷静ではいられなくさせたいのだろう。父を見ると、彼は自分でなんとかしろという顔で私を見てきた。

どうやら助けてくれる気はないらしい。

「……私は帰国と同時にクロムと結婚式を挙げる気でいたわ。それなのに帰ってきてみれば式の準備どころか、ふれさえ出されていないときた。どういう意図で私たちの結婚に反対しているのか、説明してもらいたいと言っているのよ」

ひと息に言い切る。

クロムとの結婚は父も認めたことだ。それをわざわざ反対してくるとか、普通にあり得ない。

「この結婚は、お父様も納得していることよ」

改めて告げる。エリッサ公爵は大きく頷いた。

「ええ、もちろん存じております。ですが我々とて、皇帝陛下のお言葉を全て肯定するわけには参りません。間違っていることがあればお叱りは覚悟の上でお諫《いさ》めするのが我々の役目」

「……それがこの結婚に反対することだって言いたいの？」

「まさに。その通りでございます」

にこりと笑うエリッサ公爵。隣に立つアネスト侯爵や後ろに並んだ他の大臣たちもうんうんと頷いている。

「我々はこの間違った結婚を許すわけにはいかず、そのため婚姻の延期を決断致しました。ディアナ殿下。殿下さえ『結婚しない』と言って下されば婚姻は取りやめにすることができます」

「いやよ。私はクロムと結婚するの。むしろクロム以外とは絶対に結婚しないって断言できるわ」

「殿下！」

エリッサ公爵の咎めを無視する。

「大体、あなたたちはクロムの何が気に入らないのよ。クロムはサウィン公爵家の次男で、あのフーヴァル学園を首席で卒業した優秀な人。これ以上の人材はいないと思うけど」

「……帝国初の女帝となるあなた様の夫が、外国人というのはどうかと。せめてメイルラーンの人間なら誰を連れて来ようが我々も何も言わなかったのですが」

「ああ、なるほど。外国人の男に自分たちの上に立たれたくないと、そういう話なのね」

彼らの言い分を聞き、納得した。

皇帝の配偶者が外国人なのはよくあることなのに、女帝の配偶者が外国人なのは気に入らない。

結局、自分たちの上に外国人の『男』がいることが嫌なのだ。

自分勝手な理由に反吐《へど》が出ると思いながらも私は彼らに告げた。

「あなたたちがいくら気に入らなかろうが、私はクロムと結婚するわよ。……だって、クロム以上に優秀な人を私は知らないもの。どうしても自国の人間と、と言うのなら、彼以上の人物を連れて来なさいよ。そうしたら、検討くらいはしてあげるわ」

クロムでない時点でお断りだが、そう告げる。

すると、エリッサ公爵がムッとしたように言った。

「殿下は余程その男を買っていらっしゃるようで」

「ええ」

「我が国の若き才能たちよりも上だと」

「その通りだもの」

どうしても喧嘩《けんか》腰になるのは許してもらいたい。だって、大概私も怒っているのだ。

好きな人と結婚できると思って帰ってきたのに、馬鹿らしい理由で反対されれば、誰だってキレると思う。

エリッサ公爵を睨《にら》みつける。彼はムッとした顔を隠しもせず私に言った。

「それなら、その優秀さを証明してもらいましょうか」

「……どういうこと？」

話の流れが変わったことに気づき、怪訝《けげん》な顔をする。エリッサ公爵は朗々と告げた。

「その者は、フーヴァル学園で首席という成績を修めた優秀な人物だと殿下は仰る。ですが、それはあくまでもフーヴァル学園での話。本当に優秀ならどんな場所でも結果は残せる。そうは思いませんか」

「……」

エリッサ公爵が何を言い出すのか分からず、黙って話を聞く。彼はニッと笑うと私に告げた。

「我が帝国にも優秀な学園はあります。アインクライネート魔法学園はもちろんご存じですよね？」

「ええ。もちろん知っているわ」

アインクライネート魔法学園は帝都にある、メイルラーンで一番優秀な人材が通うと言われている学校だ。

魔法も肉弾戦も有名なフーヴァル学園とは違い、こちらは完全に魔法特化。

だが、魔法に関してだけなら、フーヴァル学園よりも優秀な人材が揃っていると言われている。

二百年ほど前に当時有名だった魔法使いが設立し、今は皇帝である父が理事長として運営している。

私も皇帝になれば、新たな理事長として就任するだろう。学校運営は優秀な人材を育むためにも必要だと分かっているし、運営資金を惜しむつもりはない。

「そのアインクライネート魔法学園がどうかしたの？」

嫌な予感がするなと思いながらも尋ねる。エリッサ公爵はクロムに目を向けながら言った。

「それだけ優秀なら、我が国のアインクライネート魔法学園でも結果を残せるのではないかと思いましてね。殿下。ひとつ賭けをしませんか？　あなたがお連れになった彼。彼にはアインクライネート魔法学園に一年間転入してもらい、そちらでも首席卒業してもらう。そうすれば我々も彼が真に優秀な人物だと認めましょう。殿下の伴侶として相応しいと、結婚に賛成することも吝《やぶさ》かではありません」

「は？　何それ。クロムはすでにフーヴァル学園を首席卒業しているのよ。アインクライネート魔法学園に所属する必要も意味もないわ」

「意味はあります。他国の学園を首席卒業したと聞くよりも、自国の有名な学園を首席卒業したと聞いた方が好感度は違うのですよ。特にそれが外国人だというのなら尚更《なおさら》。それとも殿下。殿下は自信がおありではないのですか？　その者にはアインクライネート魔法学園を首席卒業できるだけの実力がないと、そうお思いなのですね？　だから我々の提案を受け入れられない。そういうことでは？」

「違うわ！　クロムならどこだろうと首席卒業くらいできる！」

煽《あお》られていると分かっていたが、無視できなかった。

カッとなって告げると、エリッサ公爵が「それなら」と勝利を確信した笑みを浮かべて告げる。

「私共の申し出を受けていただけますね？」

「……それは」

そんな勝手な話、受け入れるわけにはいかない。

そもそもこれはクロムの話で、私が勝手に返事をしていいものでもないし。そう思っていると、静かな声が響いた。

「別に俺は構わない」

「クロム！」

ギョッとしてクロムを見る。彼は真っ直ぐに大臣たちを見つめていた。その瞳には怒りや失望といったものはなく、彼が冷静であることが窺《うかが》える。

今まで黙っていたのは状況を窺っていたのだろう。クロムは確認するようにエリッサ公爵に聞いた。

「俺がアインクライネート魔法学園で首席卒業すれば、あなたたちは俺を受け入れてくれるのでしょう？　違いますか？」

クロムの視線を受けたエリッサ公爵がたじろぐ。それでもなんとか頷いた。

「そ、そうだ。その通りだ、相違ない」

「それならば、俺の方は構いません。むしろ幸運なくらいです。首席卒業くらいで受け入れていただけるのですから」

本気で言っている様子のクロムに、こちらの方が焦ってしまう。

「クロム、あなた何を言っているのか分かっているの？　これはただ彼らに試されているだけ。こんな意味のない賭けに乗る必要はないわ」

大臣たちが勝手なことを言っているだけの話にわざわざクロムが付き合ってやる必要はないのだ。

だが、クロムは退《ひ》かなかった。

「ディアナ」

にこりと笑い、クロムが私に視線を向けてくる。彼の表情には本気の色が見えた。

「大丈夫だ」

「大丈夫って、そんな軽はずみに……」

フーヴァル学園ほど有名ではなくとも、アインクライネート魔法学園も相当優秀な学校なのだ。しかも魔法特化型で、フーヴァル学園とは全く毛色が違う。

いくらクロムが優秀でも、別の学園でまで首席卒業できるかといえば、さすがに難しいだろう。

「無意味よ。乗る必要はないわ」

「だが、そうしなければ、大臣たちは納得してくれないだろう？」

「それは……」

チラリと大臣たちを見る。皆、じっとこちらを観察するように見ており、賭けに勝たない限りは、私たちの結婚に肯定的な答えをくれそうになかった。

「……」

唇を噛《か》みしめる。

クロムに頼るしか方法はないのか。

「なるほど。それは良い案かもしれぬ」

「お父様!?」

それまで黙っていた父まで話に参加してきた。

ギョッとしながら父を見ると、彼は笑顔で大臣たちに言った。

「ちょうど私もクロム殿の優秀さを再確認したいと思っていたところなのだ。我が帝国の誇るアインクライネート魔法学園を首席卒業。うむ。皆もクロム殿を認められるし、ディアナの婿としても箔《はく》が付く良い提案だ。私は賛成したいところだな」

何故か大臣たちの肩を持ち始める父に驚くも、皇帝である彼がそう言うのなら決まったも同然だ。

呆然《ぼうぜん》とする私を余所《よそ》に、父がクロムに尋ねる。

「クロム殿。是非、クロム殿の実力を皆に示してもらいたい。一年間のアインクライネート魔法学園への転入、そして首席卒業の任。受けてもらえるか」

父の言葉を受け、クロムがはっきりと返事をする。

「はい。必ず結果を出してみせます」

「うむ。お前たちも良いな？　クロム殿がお前たちの要求に応えた暁には、結婚を認めること。その時になってやっぱり嫌だは通らないぞ」

父の言葉にはエリッサ公爵が代表して答えた。

「もちろんです。元は私たちが言い出したこと。彼がアインクライネート魔法学園の首席卒業を成し遂げたのなら、結婚に賛成しましょう」

他の大臣たちも頷く。それを確認し、父が改めて告げた。

「うむ。では、それまでふたりの関係は、婚約者ということで構わないな？　ただ、まだ周知はしない。正式なふれは、クロム殿が首席卒業したあとに出すことにしよう」

「分かりました」

「皇帝陛下の御心《みこころ》のままに」

クロムと大臣たちが返事をする。納得したのか、大臣たちは父に頭を下げたあと、執務室を出て行った。

扉が閉まる音でハッとする。

私が呆然としている間に、大変なことが決まってしまった。

「クロム……」

申し訳ない気持ちでクロムを見ると、彼は首を横に振った。

「そんな顔をするな、ディアナ。俺は大丈夫だと言っただろう。アインクライネート魔法学園を首席卒業すれば、君との関係を認めてもらえる。むしろ分かりやすくて助かるくらいだ」

「分かりやすいって……アインクライネート魔法学園はフーヴァル学園とは全然毛色が違う学校なのよ。上手くいくとは限らないわ」

「分かっている。だが分かりやすい目標がある方が俺は燃える性質《たち》なんだ。やってやるという気持ちになっているから心配しなくて大丈夫だ」

「クロム……そう、あなたがそう言うのなら分かったわ」

クロムがそこまで言うのなら、これ以上反対するのも違うだろう。

父が暢気《のんき》に言う。

「婿殿のお手並み拝見といったところだな。私も楽しみだ」

「お父様！」

元はといえば、父が大臣たちの話に乗ったせいなのだ。

腹立たしさから睨みつけてみるも、そんなもので父にダメージを与えることはできない。

こうなったら気持ちを切り替えるしかないのだ。

クロムに向かう。決意を込め、彼に言った。

「私も一緒に学園に通うわ」

「え」

「私もアインクライネート魔法学園に通うって言ったの。……当たり前でしょう。あなただけに行かせられないわ。側《そば》で見ていないと心配だし」

「ディアナ……いいのか？」

クロムが嬉しそうな顔をする。喜んでくれているのが分かり、気持ちがふわりと浮上した。

「もちろん。行かないと思われたのなら、むしろその方が心外だわ」

「そうか。ああ、でも君ともう一度学園生活を送れるのかと思うと、賭けに乗ったのも悪くなかったと思えるな」

「確かにそうかも」

提案された時は苛《いら》つきしかなかったが、クロムの言う通り、ふたりでもう一度学園生活を送れるのだと思うと、それも楽しいかという気持ちになる。

それにクロムは優秀な男なのだ。

彼がやれると言うのなら、絶対に結果を出してくれる。

私は先ほどまでとは一転、ウキウキで父に言った。

「お父様。私も通って構いませんよね？」

「そう言うと思っていた。構わないが、クロム殿の助けをされては意味がないからな。いくつか条件は呑《の》んでもらう」

「分かりました」

その辺りは当然だと思うので、頷く。

こうして結婚式を挙げるはずだった私たちは、なんの因果かもう一度、今度は別の学園で学生生活を送ることとなったのである。

◇◇◇

父の執務室を出たあと、私たちはクロムの友人、ブランが待っている部屋へと移動した。

ブラン・ロイド。

フーヴァル王国のロイド伯爵家の長男で、口調は軽いが、なかなか優秀な人物だ。

今回、クロムがこちらに来るに当たり、本人の希望もあって、メイルラーンについてくることになった。

彼にはこのままクロム付きになってもらおうと考えていたが、今回の話も伝えておかねばならないだろう。

客室で待たせていたブランと合流し、執務室で決まった話を伝える。

その場にはいつの間に現れたのか、女官姿のフェリもいたのだけれど、ブランだけでなく彼女もさすがに驚いた顔をしていた。

まずはブランが実に素直な感想を述べる。

「え、もう一度学園生活を送るの？　マジで？」

続いて、フェリが実に彼女らしい毒舌で言った。

「言ってはなんですが、皆様、頭は正常でいらっしゃいますか？　何をどうしたら、もう一度学園生活を送る……なんて話になるんです？」

「だよねえ。普通に結婚式を挙げて……って話だと思ってたからびっくりしちゃった」

ブランがフェリの言葉に深く頷く。

私は苦い顔をしながらも彼女たちに言った。

「仕方ないじゃない。私だって反対したけど、何故かお父様が乗り気だったのだもの」

「陛下が？」

「ええ」

「……そう、ですか」

考え込むような仕草をするフェリ。彼女はそのまま姿を消してしまった。

何か思うところでもあるのだろうか。

でも私も少しおかしいなと感じていることはある。確証はないから、口には出さないけど。

――今、考えることでもないしね。

気持ちを切り替えてブランを見れば、彼はクロムに絡んでいた。

「クロムって、意外と巻き込まれ体質だよね～。で、アインクライネート魔法学園に通うんだって？」

「ああ。魔法で有名な学園……というくらいしか知識はないが、ディアナは何か知っているか？」

「ええ、もちろん」

話を振られ、返事をした。記憶を探りながら口を開く。

「アインクライネート魔法学園は、二百年ほど前にアインクライネート侯爵が設立した魔法特化型の学校よ。彼は有名な魔法使いだったけど相当な変わり者で、おかしな実験を繰り返していたらしいわ。魔物を生け贄《にえ》にした魔法実験をしていたとか、別空間を作ってそこに実験体とした魔物を飼っていたなんて話もあったらしいわね。結局、なんらかの魔法実験中に大きな失敗をして亡くなったんだけど、場所が学園の敷地内だったせいかしら。それから学園に変な噂《うわさ》が絶えないみたい」

「変な噂って？」

興味津々という感じでブランが聞いてきたが、私は首を横に振った。

「知らないわ。そこまで興味もないし、噂は噂でしかないでしょ」

もちろん理事長に就任した際にはどういう噂があるのか関係者に話を聞くだろうが、それは今ではない。

ブランも笑って言った。

「そりゃそうだ。でもそっか、アインクライネート魔法学園って曰《いわ》く付きの学校ってことか」

「まあそうね。でも優秀な学園であることは間違いないわよ」

「他国の人間である俺たちが知っているくらいだもんね」

ブランは納得したように頷いたが、すぐに口を尖《とが》らせた。

「えー、でももう一度学生生活とか、めんどいかも。もしかして俺も行かないといけない感じ？」

クロムに付き合う形で来たことを考えれば、そう考えるのが自然だが、意外にも彼の方が拒絶した。

「お前は要らない」

「要らないって……さすがにその言い方はどうかって思うんだけど」

「お前の手を借りたと難癖をつけられるのは避けたい」

「ああ、なるほどね」

クロムの言葉にブランが納得したという顔をする。

友人の助けがあったから、などと横やりを入れられる可能性を考慮したわけだ。それは正しいと私も思う。

ブランが眉を寄せ、困ったように言った。

「えー、でもじゃあ、俺はどうすればいいわけ？　クロムがいないと暇なんだけど」

「……暇って……あなたについてはクロム付きになってもらおうって考えていたけど、……そうね、せっかく時間ができたんだから、帝国近衛《このえ》騎士団にでも入団して、心身共に鍛えてもらうというのはどうかしら」

「え……帝国近衛騎士団……？　それって、世界最強と名高いあれ？」

ブランが目を丸くする。

彼の言葉に頷いた。

帝国近衛騎士団は、世界最強と呼び声も高い、メイルラーン帝国の誇る騎士団のひとつだ。

訓練は厳しいが、所属すれば確実に今より、ワンランクもツーランクも強くなれる。

ブランに一年間頑張ってもらえれば、よりクロムの助けになるのではないだろうか。

「団長には私の方から話しておくから、心配しないで。大丈夫。訓練は壮絶って聞くけど、死にはしないから」

「死にはしないって、それ、喜んでいいところじゃないからね⁉　え、俺、何をさせられるの？」

青ざめるブラン。そんな彼にクロムは羨むような目を向けた。

「……帝国近衛騎士団……羨ましいな」

クロムは戦うことが好きな人だ。戦いに楽しみを見出す、生粋の戦士。

そんな彼からすれば、帝国近衛騎士団で修業できるというのは楽しいことでしかないらしく、完全に妬みの視線が入っていた。

だが、ブランは戦闘狂でもなんでもないので、妬まれたところで自慢する気もないだろう。

実際、項垂《うなだ》れているし。

「……ついてくるなんて気軽に言うんじゃなかった」

嘆くブランだが、来てしまったものはどうしようもない。

だけど、クロムのためにもブランには強くなってもらう必要があると思うので、悪いけど団長には厳しく指導してくれと伝えようと思った。

第一章　次期女帝、アインクライネート魔法学園へ通う

「とうとうこの日が来てしまったのね……」

複雑な気持ちで校門の前に立つ。まさか本当にもう一度学園生活を送る羽目になるとは思わなかった。

今日はアインクライネート魔法学園転入の日。それはつまり私たちと大臣たちの賭けが始まる日でもあった。

「ここをクロムが首席卒業したら、結婚を認めてもらえる……頑張らなきゃ」

改めて自分たちの置かれた状況について考える。

大臣たちは首席卒業なんて簡単に言ってくれるが、普通に難しい話だ。しかも転入して一年で結果を出さなければならない。

確かにクロムはフーヴァル学園を首席卒業した経歴を持つ男ではあるが、ここでも同じような結果を出せるとは限らないのだ。

だが、首席卒業できなければ結婚は認められない。なかなかのハードモードだとため息を吐いていると、隣にいたクロムが軽い声で言った。

「あまり気に病むな、ディアナ。真面目に取り組めばなんとかなる」

「なんとかって……そりゃ私もクロムが優秀だってことは知ってるけど」

世の中に『絶対』はないのだ。『もし』を考えてしまうのは仕方ないことだと思う。

特に今回の賭けの対象となるのは、私ではなくクロムなのだ。

私が頑張ることに意味はなく、それもあり歯がゆい思いを感じていた。

しかも今回、私は契約精霊であるフェリを連れて来ていない。

何故かといえば、父と交わした学園に通うための条件のひとつだから。

もしフェリを学園の敷地内で顕現させたり能力を使わせたりしたら、その瞬間、私たちの負けは決定する。

何せフェリの正体は上級精霊フェンリル。

その力は凄《すさ》まじく、契約主である私が、クロムが勝つ手助けをして欲しいと願えば、彼女はそれを叶《かな》えてしまえるだけの能力を持っているから。

それでは賭けの意味がない。

クロムはクロム自身の力だけで首席卒業を勝ち取らなければならないのだ。

誰の力も借りてはいけない。

そのため、父と約束し、八百長を疑われないようフェリを置いてきたのだけれど、いつも一緒にいるのが当たり前の存在がいないことには違和感がある。父に付けられた護衛はいるが、精神的に落ち着かないのだ。

「フェリがいないって、こんなに不安になるものなのね」

弱音を吐き出すと、クロムが意外そうな顔をして言った。

「君ほどの強者《つわもの》でも、ひとりになると弱気になるのか」

「……当たり前じゃない。フェリは私の半身みたいなものだもの」

それがいないというのは落ち着かない。ため息を吐いていると、少し遠くから声が聞こえた。

「お待たせしてすみません！」

「あら」

視線を向けると、五人ほどの男子生徒がこちらに向かって走ってくるのが見えた。

その先頭にいるのが、新緑を思わせる緑の瞳をした青年。彼の雰囲気と後ろにいる生徒たちの様子から、まとめ役なのだろうと推測できた。

薄茶色の髪は肩まであって長く、前髪は斜めに流している。片目が隠れたスタイルだが、彼にはよく似合っていた。口元に小さな黒子があって、とてもチャーミングだ。長身だが、鍛えているクロムとは違い、かなり細く、華奢《きゃしゃ》な印象を受ける。

迎えに来た生徒たちは全員、黒色ベースの制服を着ていた。今、私たちが着用しているのと同じものだ。

詰め襟軍服風の制服の上にロングローブを羽織るスタイル。

制服の形は、メイルラーン帝国の軍服に似せてあって、その点はフーヴァル学園と同じだった。

ただ、アインクライネート魔法学園は魔法学を学ぶ場所なので、上にロングローブを羽織るのがポイントだ。

このロンググローブにはかなりの防御力があり、簡単な魔法や物理攻撃なら吸収してしまうくらい優秀な品だったりする。

代表者と見られる男子生徒が私たちの目の前に立ち、優雅な仕草で礼をした。

「初めまして。アインクライネート魔法学園の生徒会長を務めておりますレクス・オッドと申します。メイルラーン皇女ディアナ様に、ご婚約者のクロム・サウィン様でいらっしゃいますね。お目にかかれて光栄です」

貴族らしい挨拶を受け、鷹揚《おうよう》に頷く。

「出迎えありがとう、レクス。もしかしてだけど、あなた、オッド侯爵の身内だったりするのかしら？」

オッドという名前に聞き覚えがあったのだ。

父が信頼している部下のひとりにオッド侯爵がいたはず。年は七十歳を超えるが、まだまだ現役でかくしゃくとしている。

軽い気持ちで尋ねてみると、レクスはパッと目を輝かせた。

「祖父をご存じでしたか。はい。エルヴィス・オッドは私の祖父です」

「父から、優秀な方だと聞いているわ」

「それは嬉しいです」

笑顔で告げるレクスは本当に嬉しそうだった。祖父を尊敬している様子が伝わってくる。

レクスは、一緒にやってきた他のメンバーについても紹介してくれた。

皆、生徒会役員ということで、彼らは恐縮しつつも私たちに頭を下げた。レクスが告げる。

「それでは学園長室にご案内します。私についてきて下さい」

レクスが先頭で歩き出す。そのあとに他の役員たちが続いた。私とクロムも後を追う。

校門を潜《くぐ》れば、緑豊かな風景に驚かされた。そこら中、木々が生い茂っている。

学園の敷地内を歩いているというより、まるで深い森の中を散策しているような感じで、呆気《あっけ》に取られた。

濃厚な魔力の気配がそこら中からしている。

「……すごいわね」

思わず告げる。クロムも私に同意した。

「確かにフーヴァル学園とは全く違うな……まさに、魔法を学ぶための場所という感じがする。魔力が濃厚で重いくらいだ」

周囲を見回しながら歩く。レクスが振り返り、どこか自慢げに言った。

「アインクライネート魔法学園は、魔法を専門に学ぶ学校ですから。歴史もそれなりに古いですしね。大陸で一番有名なのは確かにフーヴァル学園でしょうが、魔法のことならうちの学園も負けませんよ。どこよりも高度な授業が受けられると断言できます」

「それは楽しみです」

ワクワクを隠しきれない様子でクロムが答える。

クロムは体術を好む男ではあるが、基本戦い全般が好きなので、魔法にも当然興味はある……というか、フーヴァル学園を首席卒業した男なので、大体なんでもできるのだ。

楽しそうなクロムが気になるのか、レクスが彼に話しかける。

「クロム・サウィン様はフーヴァル学園を首席卒業した実力者だと伺っています。是非、この学園でも楽しい思い出を作っていただければ」

「ありがとうございます」

「あなたたちが編入するクラスは、私と同じなので、何か分からないことがあれば、なんなりと聞いて下さい。敬語も結構ですよ。私はこの口調が素なので、気にしないでいただけると助かります」

「……分かった」

クロムが頷く。生徒会役員のひとりが自慢げに言った。

「レクス様は、入学してからずっと首席なんです。すごく優秀な方なんですよ。一時期は皇女様の婿候補という噂も出ていましたし」

「婿候補？　私の？」

それは初耳だ。

クロムと出会う前、私は何人もの男と見合いを重ねてきたが、その中にレクスのような男はいなかったように思うのだけれど。

「……見合い、していないわよね？」

確認すると、苦笑が返ってきた。

「実は、ディアナ様が最後になさった見合いの次の相手が私だったんです。ディアナ様がフーヴァル学園に行かれたことでなくなりましたが」

「……そうだったの」

意外な事実を聞かされ、目を瞬かせた。

まだ少し話しただけではあるが、レクスはとてもまともそうに見えたからだ。

私の見合い相手は、これまで男尊女卑が激しい人が多くうんざりさせられてきたから、こういう『普通』っぽい人もいたことに驚かされた。

「へえ……」

しげしげとレクスを見る。ルックスは悪くない……というか、かなり良い方だと思うし、今のところ変な発言もない。もし彼と見合いをしていたのなら、私はどう答えただろうか。

そんな風に考えたところでレクスが少し先を指さした。

「あちらの教員棟の二階に学園長室があります」

森の中に二階建ての建物が見える。なんとも不思議な感じだ。

教員棟に入って、二階に上がる。上がってすぐの部屋の扉をレクスは行儀良くノックした。

ややあって、男性の低い声が応える。

「――はい」

「学園長先生。ディアナ殿下とクロム・サウィン様をお連れしました」

「ご苦労様です。入って下さい」

「はい」

レクスが扉を開ける。私たちを振り返り、言った。

「さあ、どうぞ。学園長先生がお待ちです」

「……失礼します」

室内に足を踏み入れる。

入ってすぐ正面にある大きな机。そこに座っているのはフーヴァル学園の学園長とよく似た風貌の男だった。好意的な笑みを浮かべている。

「ようこそ、アインクライネート魔法学園へ」

「初めまして。ディアナ・メイルラーンよ」

愛想良く笑って自己紹介をしたが、机の前に立っていた男に気づき、ギョッとした。

「え……!?」

「やあ！」

軽やかに片手を上げ、私たちに挨拶してきたのは、なんとオスカーだったのだ。

オスカー・フーヴァル。

金髪碧眼《へきがん》の優しげな容姿を持つ彼は、フーヴァル王国の王太子。

彼と私は幼馴染《おさななじ》みで、フーヴァル学園でも学友として、それなりに仲良くしていた。

そんな彼もフーヴァル学園を卒業し、王太子として日々を送っているはず……なのに、どうしてメイルラーンの魔法学園にいるのか。

「え……オスカーがどうしてここにいるの？　まさか転入……とか？」

まさかまさかと思いつつも尋ねると、彼からは肯定の言葉が返ってきた。

「当たり。ちょっと思うところがあってね。面白そうだから転入してみたんだ」

「面白そうって……」

ニコニコ笑うオスカーは、私の知るままで、おかしなところはない。

クロムも困惑していたが、知っている人がいるのは嬉しいようで「殿下」と明るい声を出していた。

「驚きました。まさか殿下がこちらにいらっしゃるとは」

「卒業式ぶりだね、クロム」

オスカーがクロムに握手を求める。クロムも喜んで応えた。

「ええと、そろそろ宜《よろ》しいですか？」

予想外の旧友との再会に驚いていると、それまで黙ったままだった学園長が声を出した。

一斉に、そちらを見る。

フーヴァル学園の学園長にそっくりな彼に改めて驚いていると、彼はコホンと咳《せき》払いをした。

「ええと、私はアインクライネート魔法学園の学園長を務めるテトラと申します。この度皆さんが、アインクライネート魔法学園に転入されたこと、嬉しく思います。一年という短い期間ではありますが、楽しい学園生活を送って下さい」

「ありがとう」

にっこり笑って返事をすると、オスカーが小声で言った。

「……今話してたんだけど、テトラ学園長ってフーヴァル学園の学園長と親戚なんだって」

「えっ……親戚？」

「うん。あまりにもそっくりだからつい聞いてしまったんだよね。そしたら、従兄弟だって」

「従兄弟なんだ……」

他人のそら似でもなんでもなく、血縁者だったらしい。

それなら似ているのも当たり前だと思っていると、学園長が口を開いた。

「ディアナ殿下とクロム・サウィン様の事情は皇帝陛下からお聞きしています。一年で、首席卒業するつもりだとか。ふふ……フーヴァル学園を首席卒業なさったとの話ですが、うちにも優秀な生徒が揃っています。そう簡単に首席卒業はできないと思いますよ」

「それでも、やらなければならないのならやるまでです」

クロムがきっぱりと告げる。

学園長はうんうんと頷き、レクスに目を向けた。

「ちなみに、うちの現在の首席は彼です。勝てるよう頑張って下さいね。では、あとの詳しいことはオッドくんに聞いて下さい。私はこれから職員会議がありまして。オッドくん、頼みましたよ」

「分かりました」

レクスが頷くと、学園長は部屋を出て行った。会議室にでも行くのだろう。

私たちも移動するのかと思ったが、レクスは気にせず口を開いた。

「では、この学園について説明しましょうか」

「レクス様」

穏やかに、だがはっきりとレクスの名前を呼んだのは、生徒会役員のひとりだった。

先ほどレクスに紹介してもらった時に『レダ』と言っていたような覚えがある。

「レクス様のお手を煩わせる必要はありません。それに、レクス様にはお仕事が残っているのでは？」

「それはそうですが……」

仕事と聞き、レクスが眉を寄せる。彼らの言う仕事とは生徒会関連のものなのだろう。

わりと煩雑な仕事が多いことは、私も知っている。

何せフーヴァル学園に在籍していた時は、一時とはいえ、生徒会役員に名を連ねていたのだから。

「レクス様は仕事に戻って下さい。殿下方には僕たちが説明しますから」

「……分かりました。では、レダ。あとのことは頼んでも構いませんか？」

熱心に説得され、レクスが折れた。私たちの方を向き、申し訳なさそうに告げる。

「すみませんが、私も仕事がありますので、あとは部下に任せても構いませんか」

「ええ、大丈夫よ。生徒会の仕事が大変なのは知っているもの。気にしないで。ね、クロム、オスカー」

ふたりに声をかけると、彼らも気の毒そうな顔で頷いた。

オスカーが言う。

「生徒会長の仕事は本当にいつまで経《た》っても終わらないものだからね。よく知ってる。私たちのことは気にしてくれなくて構わないよ」

「ありがとうございます」

ホッとしたように微笑《ほほえ》み、レクスが私たちに頭を下げる。そうして足早に部屋を出て行った。

「では、ご説明しますね」

後を任されたレダが笑みを浮かべ、私たちに向かう。

彼が教えてくれたのは、食堂の使い方や日々の基本的な過ごし方など、生活全般についてだった。

あとは、寮について。

この学園は全寮制なのだ。寮のある場所や、簡単な規則について聞く。最後に必要事項が書かれたプリントを配ってくれたので、礼を言って学園長室を出た。

今日は説明を聞くだけ。授業は明日から参加で、今からは寮へ向かうのだ。

「でも、オスカーがいるなんて、本当にびっくりしたわ」

廊下を歩きながらしみじみと告げると、オスカーが「驚いたのはこっちだよ」と言った。

「え？」

「卒業してすぐに結婚するって聞いていたからね。今か今かと結婚式の招待状を待っていたのに待てど暮らせど送られてこない。これはどういうことかとそちらの皇帝陛下に連絡を取ってみれば『もう一度学園生活を送ることになった』なんだから、驚くどころの騒ぎではなかったよ」

「……その件に関しては、私たちも不本意だったのよ」

ため息を吐きながらも、答える。オスカーは「知ってる」と頷いた。

「事情は全部聞いてるよ。大臣たちに反対されてるんだってね。認めてもらうために今回の転入騒ぎになったんだろう？　クロム、君も苦労するね」

「……いえ」

同情の目で見られたクロムが首を横に振る。

「ディアナのことで、苦労だと思うことはありませんから」

「えっ」

さらりと言われ、ドキッとした。オスカーが目を丸くする。

「うわっ……これを素で言っちゃうんだ。さすがクロム」

「本当よね。私、いくら命があっても足りないわ。……それで？　あなたは事情を知ったのよね？

それがどうしてあなたもアインクライネート魔法学園に転入……なんて話になるの？」

一番知りたいのはそこだ。

そう思いつつオスカーを見ると、彼はにっこりと笑って言った。

「え、面白そうだから」

「……は？」

「別の学園を首席卒業しないと結婚を認めてもらえない……とか、面白すぎじゃない？　きっとクロムなら余裕でクリアするんだろうけどさ、せっかく知ったのなら近くで見てみたいなって思って。あと一年くらいなら、学生生活をもう一度楽しんでも許されるかなとも思ったしね。よし、行っちゃえって勢いで出てきたんだよ」

つまりは出歯亀気分でやってきたのだと言われ、脱力した。

「オスカー……あなたね……」

「いいじゃないか、別に。それにアインクライネート魔法学園って、実は前々から興味があったんだよね。色々噂が絶えない学園でさ」

妙に楽しそうなオスカーだが、それより私には気になったことがあった。

「ねえ……オグマは連れて来ていないの？」

オグマというのは、彼の護衛の名前だ。フーヴァル学園では、一緒に生徒会役員を務めた仲間でもあった。

オグマの名前を出すと、オスカーは「彼はフーヴァルの騎士団で修業中だよ」とあっさり答えた。

「私の側付きになるには、ちょっと実力不足だからね。何年か騎士団で揉《も》まれてこいと言ってある。だから置いてきたよ。今回の護衛は別の人物に頼んであるんだ」

「そうなの……。でも、王族の側付きになるのなら当然よね」

私もブランを帝国近衛騎士団に放り込んできたので、オスカーの言い分は理解できる。

王族を守るには、気合いだけでは足りない。裏づけされた実力が必要なのだ。

大いに納得していると、オスカーがクロムを見ながら言った。

「でも、せっかく転入してきたことだし、私も首席を狙ってみようかな。クロムとはライバルになるわけだけど」

どこか楽しそうなオスカー。そんな彼にクロムは笑って答えた。

「望むところです。殿下なら相手に不足はありません。俺も全力で頑張らせていただきます」

普通なら焦るべきはずの場面なのに、そう言ってのけるクロムは本当に自信があるのだろう。

そのあまりにも堂々とした態度に、私はすっかり惚れ直してしまったのだった。

◇◇◇

オスカーは別に用事があるらしく、私とクロムは先に寮へと向かうことになった。

寮は男子寮と女子寮に分かれているので、クロムたちとは別になってしまうが仕方ない。

レダに教えられた通りに歩いていると、クロムがポツリと言った。

「しかし、オスカー殿下まで来られていたとは驚いた」

「そうね。まさかの学園長室にいるんだもの」

心から同意する。クロムが柔らかい笑みを浮かべ、言った。

「だが、正直ホッとしている部分もあるんだ。知っている方がいるというのは安心する」

「分かるわ。私もちょっと安堵《あんど》したから」

『賭け』などと言われ、内心ドキドキしながらやってきた、新しい学園。そこに知り合いがいたというのは、心の安寧に繋《つな》がるのだ。

頷いていると、クロムが「だが――」と口を開いた。

「正直、レクスには嫉妬した」

「え……？」

嫉妬、と言われクロムを見る。

彼はなんとも言えない顔をしていた。

「彼はディアナの見合い相手だったと言っていただろう？　見合い自体は君がフーヴァル学園へ来たことでなくなったみたいだが、思ったんだ。もし、君が彼と見合いをしていたら、と。そうしたら君はフーヴァル学園には来ず、彼と結婚していたんじゃないかって」

「……クロム」

図らずしも、少し前に考えていたことを言われ、ドキッとした。

クロムが続ける。

「君の好みは知らないが、俺から見て、彼はなかなかの傑物であるように思えた。君の結婚相手として不足はないだろう。そう思うとどうしても嫉妬の感情が出てきてしまう」

「……馬鹿ね」

ギュッと眉を中央に寄せるクロムの肩に触れる。

彼が顔を上げたタイミングを見計らい、唇にキスをした。

「ディアナ……」

「私が選んだのはあなたよ、クロム」

彼の灰色の目を見つめ、告げる。

「確かにあなたの言ったことを否定はしないわ。もしかしたら、そういうことはあったのかもしれない。でも実際には何も起こらなかったし、私はあなたを選んだ。そしてもうあなたを選んでしまったのだから、レクスが今、目の前に現れたところで何かが起こるはずもないの」

「……」

「だって私にはもう、こんなにも素敵な婚約者がいるんだもの。今更あなた以外の人を選ぼうなんて思わないし、他に気を引かれることもない。……愛しているわ、クロム。だからつまらない嫉妬なんてしないで」

「……俺は馬鹿だな」

クロムが私の身体を抱きしめる。

力強い抱擁は心地好いばかりで、私はほうっと息を吐いた。

「分かっていたはずなのに、君に言わせてしまった。ディアナ、すまない。くだらない嫉妬なんかして。君を疑ったわけではないんだ」

「いいの。分かってる」

疑っていなくても嫉妬の感情が芽生えることがあるのは知っている。

というか、同じ状況になったら、私は怒り狂うこと間違いないので、クロムの嫉妬など可愛《かわい》いものだと思うのだ。

クロムの頬に手を当てる。彼が目を瞑《つむ》ったのを見て、もう一度唇を寄せた。

「……絶対に、首席になってね。私、クロム以外と結婚なんて嫌だから」

結婚が取りやめになったあとの私がどうなるのか、その辺りについては何も聞いていないので分からないが、多分、大臣たちに都合のいい男を宛がわれるのだろうくらいは想像がつく。

当然、その男を素直に受け入れる……なんてことはしないが、そういうことをされると考えるだけで腸《はらわた》が煮えくり返るほどの怒りが込み上げてくる。

──私は、クロム以外は嫌なのに。

もしクロムが首席卒業できなかったら。あり得ないとは思うが、もしそうなるようなことがあったら、拳に物を言わせてでもクロムと結婚しよう。

──全員、沈めてしまえば反対のしようもないでしょうし。

にんまりと笑う。むしろその方が簡単だ。

今のところは大人しく『賭け』に乗っているが、それはクロムならやってくれると信じているからら。

別に彼らの反対が怖くて、従っているわけではないのである。

その辺り、大臣たちは勘違いしているようだけど、別に構わない。

きっとクロムなら首席卒業してくれるから、ずっと勘違いしていればいいのだ。

「……大臣たちの驚く顔が早く見たいわ」

自分たちの思い描いた勝手な未来が崩れた時の彼らの顔を見て、思いきり笑ってやりたい。

私のクロムはすごい男なのだと、お前たちなんかに好きにされる男ではないのだと嘲笑《あざわら》ってやりたいから、黙っているのだ。

性格が悪い自覚はあるけど。

――でも、それくらい構わないわよね？
最初に私たちの邪魔をしたのは彼らなのだから。
クロムに抱きしめられながら、うっとりと目を瞑る。
その先にある未来を、私は疑っていなかった。

第二章　次期女帝、邁進《まいしん》する

私たちが転入して、あっという間に二カ月ほどが過ぎた。

フーヴァル学園とは違う、魔法だけに特化した学園。その授業内容は、当然魔法オンリーで、なかなか興味深いものだった。

ただ魔法を使うのではない。

皆、真剣に魔法に向き合い、新しい魔法を生み出そう、効果をより高めようと、日夜研究を重ねているのだ。

そのため、学園も普通とは違う。

図書館に所蔵されている本はほぼ専門書しかないし、教師も魔法学者として有名な人が多く招かれている。更に、週に一回はその人たちが特別講義をしてくれるのだ。

特別講義は自由参加だが、毎回ほぼ全員が参加している。

まるで生徒全員が学者のようで、学園の雰囲気もフーヴァル学園とは全然違った。

フーヴァル学園は明るく楽しい雰囲気だったのだが、アインクライネート魔法学園は静かで落ち着いている。

生徒たちも学者肌が多く、あまり積極的に他者と関わろうとする者は少ない。自分の世界に籠もり、ひたすら勉強している感じの人が多いのだ。お陰で、クラスメイトであっても知り合いと呼べるほど知っている人はいない。

話には聞いていたが、全く色が違う学園の様子に最初はずいぶんと戸惑った。

だが、日々を過ごすうちに慣れてくる。

他者にあまり関わらない個人主義な校風も、そんなものかと思えば気にならない。

むしろ変に絡んでくる者がいない分、気は楽だった。

何せ、私やオスカーのような王族や皇族にも興味がないようで、特に話しかけることもなく放置してくれるから。

この辺り、フーヴァル学園とは全く違う。

そんな中、どちらかというと陽キャ寄りのクロムはどうなのかというと、これが意外にも楽しそうだ。

日々、真面目に魔法の研究に励み、この間なんて、新しい魔法の使い方を発表して教師に褒められていた。

そもそもクロムは魔法についても高い適性を持っていたし、頭だって良い。勉強することを苦に感じないタイプということもあり、さして苦労することもなく、アインクライネート魔法学園に馴染んでいった。

◇◇◇

あんぐりと口を開けて、廊下の壁に張り出された成績表を見つめる。

年に三回ある学力テストの一回目。今日はその成績発表が行われる日だったのだが、総合一位のところになんとクロムの名前があったのだ。

「クロムが一位……？」

「自信はあったが、こうして結果として出てくれると嬉しいものだな」

クロムが照れたように言うが、信じられない。

彼が賢いことは分かっていた。きっと最終的に首席卒業をしてくれるのだと信じていた。

だけど誰が思うというのか。

転入してわずか二カ月で、早速総合一位を取るなんて。

クロムの実力を知っていた私はもちろん、オスカーも口をあんぐりと開けていた。

「……参ったな。私たちが馬鹿みたいだ」

「本当よね……。私たち、一応王族と皇族なんだけど……」

声に力がなくなるのも仕方ない。何せ私は六位。オスカーも七位だったのだから。

だけど、有名な学園の最終学年にいきなり転入して、二カ月で六位ならよくやった方だと思うのだ。

「……嘘《うそ》でしょ」

いきなり一位をかっ攫《さら》うクロムがおかしいのである。

「クロム、すごすぎない？」

オスカーに真顔で同意を求めると、彼もまた神妙な顔で頷いた。

「彼が優秀だということは知っていたけど、まさかこれほどだとは思わなかった。他国の全く色の違う学園でいきなり一位？　……ええ？　メイルラーンに取られたことが悔しくなるんだけど。ものすごい逸材じゃないか……」

「駄目。クロムは返さないから。彼は私のものよ」

恨めしげに言われたが、容赦なく撥《は》ね除《の》けた。

クロムが笑ってオスカーに言う。

「申し訳ありませんが、俺は身も心もディアナのものですので」

「分かっているよ。でも……君を手放したことはフーヴァルの大きな損失だったと改めて感じているところなんだ」

「つまり私に先見の明があったってことよね！」

「自慢げに言っているところ悪いけど、君も私も六位と七位でどんぐりの背比べ状態だということは忘れないで欲しいな」

「……言わないで。要領は摑《つか》んだから、次はもう少しマシな成績になるはず」

クロムがすごい分、私たちの至らなさが浮き彫りになって辛《つら》い。

ふたりで渋い顔をする。

クロムが一位なのは嬉しいが、自分たちが情けなくて許せないのだ。

今度はそれなりの成績を残せるよう頑張ろう。そう思っていると「クロムくん」と誰かがクロムに声をかけてきた。

「……レクス」

クロムが目をパチクリさせる。声をかけてきたのはレクスだった。

アインクライネート魔法学園の生徒会長であるレクスは、私たちが転入したあとも、何かと気を遣ってくれていた。

不便なことはないかと声をかけてくれたり、私たちが学園に馴染めるよう骨を折ってくれたのだ。

個人主義の生徒が多い中、彼は積極的に他者と関わっていく珍しいタイプのようで、彼が生徒会長だということには納得しかなかった。

何せレクスはコミュニケーション能力が高いので。

あまり他人に興味のない人たちが集まる学園を纏めることができるのは、はっきり言って彼しかいない。

彼はにこりと笑うと、クロムに向かって手を差し出した。

「おめでとう。まさか、早速一位の座を奪われてしまうとは思いもよりませんでした。自分の勉強不足が恥ずかしい。まさか抜かれるわけがないと無意識に驕《おご》っていたようです」

そう言う彼の成績は総合二位。

話によれば、この二年ほど、ずっとレクスが一位だったらしいから、ポッと出のクロムに首位をかっ攫われたわけである。

普通なら悔しいはずだ。少なくとも私ならものすごく悔しいし、何故転入生に負けたと自分を責めるし、なんなら首位を奪ったクロムには会いたくないと思い詰めることまであり得る。

それなのにレクスはといえば、爽やかな笑みを浮かべ、クロムに握手を求めている。

私とは全く違う性格の良さに、戦《おのの》いた。

――すごい。人間ができているわね……。

私にはとても真似できない。

クロムも驚いていたようだが、彼はすぐにレクスの手を取った。

「ありがとう」

認め合うふたりの間に和やかな雰囲気が流れる。

だが、当然全員がこの結果に満足しているわけではない。レクスについてきていた彼の取り巻きたち――生徒会役員は今回の順位に不満があるようで、口には出さないものの、クロムを睨みつけていた。

――まあ、そうよね。

少し見れば、生徒会役員たちが、会長のレクスを慕っているのはすぐに分かる。きっと、彼のコミュニケーション能力の高さと実力に心酔しているのだろう。

しかも侯爵家の人間。高い家柄と確かな実力を持つレクスに、彼らが惹《ひ》かれたのも無理はない。

だが、その彼が、転入してきたばかりの男に負けたのだ。

レクスは良くても、彼を慕う方としては納得できないのだろう。

彼らの顔には『どうしてこんな奴《やつ》に会長が……』と分かりやすく書いてあった。

レクスが改めて張り出された成績表を見上げ、感心したように言う。

「しかし、本当にすごいですね。転入してわずか二カ月で総合一位なんて。良かったら今度、一緒に勉強をしませんか？　色々と参考になると思うのです」

「それは嬉しいな。こちらこそ頼む」

クロムが嬉しげにレクスの誘いに応じた。

私も今回初めて知ったのだが、どうもクロムの『鍛錬馬鹿』は身体を動かすことに特化しているわけではない。

なんと他の勉学についても同じことが言える。彼にとっては鍛錬することも、ひたすら学問に打ち込むことも同意なのだ。

その集中力は凄まじく、一位を取れたのもある意味納得。

ふたりは一緒に勉強することを約束し、笑顔で別れた。

レクスが生徒会役員たちを引き連れ、去って行く。クロムはホクホク顔で、こちらを向いた。

「放課後、一緒に勉強する約束をした。楽しみだ」

「そう……良かったわね」

その言い方がまるで『手合わせをする約束をした』という風に聞こえ、一瞬なんとも言えない顔をしてしまった。

オスカーも同じように感じたようで苦笑している。

「なんかクロムって、どこにいてもクロムって感じだよね」

「分かるわ……」

とても納得してしまった。

とはいえ、首席卒業を結婚の条件とされている状況なので、クロムが結果を出してくれたことは本当に嬉しい。

だから私は笑顔で彼に言った。

「お祝いの言葉が遅くなってごめんなさい。改めて、総合一位おめでとう、クロム。いきなりこの結果を叩《たた》き出すなんて本当にすごいわ」

なかなかできないことだ。

尊敬を込めてクロムを見つめる。彼は照れたように微笑んだ。

「ありがとう。その……実はわりと必死だったから、一位を取れてホッとしている部分もあるんだ」

「え、そうなの？」

私にはクロムがあっさりと首位をかっ攫っていったようにしか見えなかったので驚きだ。

クロムが頷く。

「ああ。どの程度やれば、首位を取れるのかも分からないし、フーヴァル学園とは勝手が違うから。でも良かった。首位を取れて。これなら首席卒業も十分に可能だと思う」

自信が滲《にじ》む表情と言葉にドキッとする。格好良いなと素直に思った。

クロムが笑う。

「必ず首席卒業を成し遂げてみせる。俺は君以外と結婚したくないし、君にだって俺以外と一緒になって欲しくないから」

「クロム……」

「ディアナ。君のためなら俺はどんなことでもやってみせる」

力強く断言され、心が震えた。

ああ、やっぱり私はクロムのことが好きなんだと思った瞬間だった。

彼が私を見つめ、聞いてくる。

「俺のこと、応援してくれるか？」

「も、もちろん。私にできる協力ならなんでもするわ」

結婚は私の問題でもあるのだ。

許される範囲内にはなるけれど、協力できることがあるのならしたい。

そう心から告げるとクロムは「君が協力してくれるのなら、百人力だな」と嬉しそうに応えてくれた。

◇◇◇

「遅くなってしまったわね……」

成績発表があった日から三日が経った、少し暗くなった夕方。

私は教室の自席から立ち上がり、窓の外を眺めた。

私とクロムの他には誰もいない。皆、帰ってしまっている。

私がここにいるのは、クロムに頼まれ、放課後の勉強会に付き合っていたからだ。私とクロムは寮が違うので、一緒に勉強するのなら学園内の施設を使わなければならない。

今していたのは、魔法薬の勉強。

もう少ししたら授業で実際に魔法薬を作ることになるのだ。その予習として、配合する薬草や材料を調べていた。

「クロム、そろそろ帰りましょう?」

薬草の配合率について考え込んでいるクロムに声をかける。彼はより効果の高い魔法薬を作るため、薬草の配合率の見直しを行っていたのだ。今も思いついたことをノートに書き留めていたが、私の言葉に顔を上げた。

「ああ、もうそんな時間か。時間が経つのは早いな」

「クロムが熱中しすぎなのよ。続きは明日にしないと、校門に鍵を掛けられてしまうわ」

閉門する時間は決まっているのだ。その時間はあと三十分ほど。

時計を見上げると、クロムも同じようにし、頷いた。

「分かった。……あ、そうだ。ディアナは先に行ってくれないか。俺は少し野暮用がある」

「野暮用?　こんな時間から?」

放課後の殆《ほとん》ど人もいない中、用事があると言うクロムを見つめる。彼はコクリと頷き、制服のポケットから封筒を取り出した。

「昼食休憩のあと戻ったら、これが俺の私物の上に置かれていたんだ」

「……手紙？」

封筒には『クロム・サウィン様』と宛名が書かれていて、間違いなくクロム宛てであることが分かった。思わずハッとする。

「もしかして、告白とか!? そんなの絶対に許さないから！」

クラスメイトには当然女生徒もいるのだ。その中の誰かがクロムを見初めて……なんて話だったら到底承服できない。

私はゴキゴキと指を鳴らした。

「私のクロムに手を出そうなんて良い度胸ね」

クラスメイトたちは私たちにはさほど興味がないようだが、それでも私が皇女で、クロムが婚約者であることくらいは知っている。

最初の自己紹介で話したからだ。

つまり知っている上でクロムにラブレターを書いてきた。これは万死に値する。

「ふふ……ふふふ……」

「落ち着け、ディアナ。別にラブレターとかではないから」

「本当に？」

宥《なだ》めてくるクロムを睨むと、彼は私に手紙を渡してきた。

「読むといい」

「……いいの？」

「君に隠すようなことは何もないからな」

「……ありがとう」

軽く言われ、カッとなっていた自分が恥ずかしくなった。手紙を受け取り、中を確認する。

そこには『折り入って相談したいことがあるので、放課後、音楽室まで来て欲しい』と書かれてあった。

「相談……？」

「ああ、だから告白とは違うと思う」

「そう……ね」

確かに、告白する人に『相談したい』とは言わないだろう。しかし手紙の差出人は誰なのか。

確認してみるも、差出人の名前は書かれていない。

宛先としてクロムの名前があるだけだ。

「……誰が出してきたのかしら。……というかクロム、まさか行くの？」

「来てくれと書かれてあるのだから行くつもりだ。ただ、少し遅くなってしまったから、まだ相手がいてくれるかは不明だが」

「そうね。放課後は放課後でも、すでに閉門時間も近いものね」

手紙を出した人も、放課後なんて書き方をせず、きちんと時間を指定すれば良かったのだろうが、普通相手が閉門時間ギリギリに来るとは思わないから仕方ない。

もしかしたら今もクロムを呼び出した相手は音楽室でひとり待っているのだろうか。

そう考えると、途端、相手が気の毒になってきた。

「……早く行ってあげましょうよ」

「君も来るのか？」

クロムが「え」という顔をしたが、私は当然と頷いた。

「ええ。どこにも『ひとりで来て欲しい』とはなかったし、私、これでも皇女なのよ。もし相談相手がうちの国民で、私の力が必要そうな悩みを持っていたら、解決の手助けをしてあげられると思うの」

それらしいことを言っているが、実は相談者が女性だったら嫌だなと思ったからという理由が大半を占めている。内心をしれっと隠して告げると、クロムは疑わしげな顔をした。

「それはそうだが……でも、それなら最初から君に相談するんじゃないか？」

正論すぎる言葉に一瞬動揺したが、すぐに立て直した。

「……何言ってるのよ。皇女に直接悩み相談なんてできないでしょ」

「まあ、そうだな。分かった。それなら君も一緒に行くか？」

「ええ」

手早く、机の上を片付ける。鞄《かばん》を持ち、クロムに告げた。

「場所は音楽室だったわよね。早く行かないと、閉門時間に間に合わなくなるわ」

「そうだな。急ごう」

クロムも帰宅の準備をし、立ち上がる。

教科書を革のベルトで纏めた。

「音楽室の場所は確か三階よね」

教室を出て、近くの階段を上る。

魔法以外はおろそかになりがちなアインクライネート魔法学園ではあるが、一応教養として音楽の時間も設けられているのだ。……大概は、自習になってしまうのだけれど。

つまり、あまり使われることのない教室。私も音楽室の存在は知っているが、行ったことは一度もなかった。

音楽室の場所は三階の一番奥。

教室の扉には鍵が掛かっておらず、呼び出した人物が中で待っているのだろうと思った。

「あれ、誰もいないわ」

扉を開けて中に入るも、音楽室の中に人の気配はなかった。

続いて入ってきたクロムも眉を寄せる。

「……もう帰ってしまったということか？」

「可能性はあるわね。放課後とはいっても、こんなに遅い時間に来るとは思っていなかったでしょうし。となると、鍵を閉め忘れて先に帰ったのかもしれないわね」

「……悪いことをしたな」

クロムの声が曇る。

相談者のことを思い、申し訳なくなったのだろう。私も、ガッカリして帰ったかもしれない相談者のことを考え、眉を下げた。

「仕方のないことだけど、もっと早く来れば良かったわね」

「帰る前に寄ればいいと考えてしまったんだ。相手が待っていることが分かっていたのだから、先に行けば良かった」

改めて音楽室を見回す。

音楽室には大きなピアノが設置されていた。木管楽器なども部屋の隅に置いてある。

壁には名のある音楽家の肖像画が飾られており、私はそれをぼんやりと眺めた。

「……あら？」

一枚、おかしな絵があることに気がついた。

他の全てが人物画の中、その絵だけは風景が描かれているのだ。描かれているのは冬の景色。

寒々とした色合いは見ているだけでも寒さを感じる。

「……音楽室なのに、これだけ風景画って……おかしいわね」

明らかに仲間外れだ。

そう思いながら、絵の方へ近づく。どうしてだろう。妙にこの絵に惹きつけられた。

「……ディアナ？」

クロムが怪訝な声で私を呼ぶ。それに上の空で返事をした。とにかくこの風景画が気になって仕方なかったのだ。他のことはどうでもよくて、じっと絵に見入ってしまう。

「……綺麗《きれい》」

最初は寒そうとしか感想を抱かなかったのに、何故かどんどん絵が魅力的に見えてきた。

絵の前に立つ。よく見ると冬の光景の中に枯れた木々が描かれており、その木々の合間に狼《おおかみ》のような動物がいることに気づいた。

「……？」

さっきまで全く気づかなかった数頭の狼。それらはまるで生きているように感じた。瞳に力があるとでも言えばいいのか。絵のはずなのに、何故か視線が合った気がして、背筋が震えた。

自然に手が絵へと伸ばされる。自分の意思とは無関係の動きに、さすがに我に返った。

「えっ……」

「ディアナ！」

クロムが焦った声で私を呼ぶ。

あ、と思った時には遅かった。

指が絵に触れる。冷たいキャンバスがあるだけのはずなのに、何故かぐにゃりとした感触があった。

「きゃっ……！」

グッと何かに指を摑まれる。ものすごい力で絵の中に引き込まれた。

「きゃあああああ‼」

抵抗する間もなく、私は絵の中に転がり込んだ。

◇◇◇

「……」

呆然と辺りを見回す。

寒々しく、不気味な景色が広がっている。

気づけば地面の上に座り込んでいた。

「ここ、どこ……」

「……多分、さっきの絵の中だと思う」

「クロム！」

背後からクロムの声が聞こえ、パッと振り返る。そこには肩で息をするクロムの姿があった。

彼は私を見ると、ホッとしたように息を吐いた。

「良かった。ギリギリ間に合った……」

額に滲んだ汗を拭う。本気で焦っていた様子のクロムを見て、目を瞬かせた。

「……えっと、どういう状況？」

「おそらくだが、君は絵に魅了されていたんだ」

クロムの話に耳を傾ける。

彼によれば、どうやら私は一種の魅了状態になっていたようだった。

いくら呼びかけても応えない。それどころか怪しげな絵に自分からフラフラと近づき始める始末。

焦ったクロムが絵に取り込まれる私の手をギリギリのところで摑み、一緒に中に来てくれた……

というのが、これまでの経緯だった。

「私……」

クロムの話を聞いても自分のことだとはとても思えない。

なんとなく目に入った絵を見たところまでは覚えている。だが、そのあとの記憶はまるで頭に霞《かすみ》がかかったかの如《ごと》くはっきりしないのだ。

最後にクロムが私の名前を呼んでくれたことはかろうじて覚えているが、本当にそれだけ。

どうして自分が今、ここにいるのか、説明してもらっても分からない。

「全然思い出せない……」

「無理はしない方がいい」

なんとか記憶を蘇《よみがえ》らせようと必死になっていると、クロムが私の行動を止めた。

「思い出したところで意味はない。それより、一刻も早くここから出ないと」

「……そうね。クロムの話だとここは絵の中ということだけど」

改めて自分たちのいる場所を確認する。

空がまるでパレットに複数の色をぐちゃぐちゃに混ぜたような色をしていた。

地面はひび割れ、冷たい風が吹いている。まるで真冬のようだ。とても寒い。

「寒い……」

思わず己の身体を抱きしめる。

これからどうすればいいのか、一体自分たちの身に何が起こっているのかと考えていると、クロムが鋭い声で私の名前を呼んだ。

「ディアナ、来るぞ」

「えっ、何が……」

「あそこを見ろ」

「……！」

クロムが指さす方向を見て、息を呑んだ。そこには枯れてしまった森がある。その森から、一匹、また一匹と黒い狼のような生き物が出てきたのだ。

狼は皆痩せ細っており、目つきが鋭い。すでに私たちには気づいている様子で、明らかに攻撃対象として見ているようだった。

「……狼」

「似ているが、多分別の生き物だ」

確かにクロムの言う通り、狼にはまるで鹿のような角があった。こんなもの、実際の狼にはない。形も酷《ひど》く歪《いびつ》で、そこはかとない気持ち悪さを感じる。

「……ディアナ」

「ええ、分かっているわ」

気味悪がっている場合ではない。

私は立ち上がり、攻撃の構えを取った。

今から逃げたところで、あの狼のような生き物から逃走しきることは難しいだろうと察したからだ。

それに逃げる場所なんてどこにもない。

狼の数はどんどん増え、今や二十を超えていたが、不思議と恐怖は感じなかった。多分、隣にクロムがいるからだ。

彼がいるのならなんとかなるだろう。この難所も乗り越えられるだろうと信じられた。

「……クロム」

「ああ、行くぞ！」

クロムの合図に合わせ、狼たちに向かって駆け出す。先手必勝。向こうの攻撃を待っている余裕などこちらにはないのだ。

「っ！」

強い敵意を向けてくる狼に向かって蹴りを繰り出す。手加減なんて一切しなかった。

魔法を使わないのは、私に余分な魔力がないから。私は契約精霊であるフェリに己の魔力の半分以上を持っていかれている状態で、あまり連続して強い魔法は放てない。

「えっ……」

全力で蹴りを入れたのに、まるで蹴った感触がなかった。

狼は全くダメージを受けていないようで、今度はこちらの番だとばかりに襲いかかってきた。

「っ！」

慌てて防御体勢を取る。だが、狼の攻撃が私に届くことはなかった。

クロムが魔力の籠もった拳で狼を殴りつけたからだ。

「ディアナに何をする！」

「クロム！」

ものすごい勢いで狼が数十メートル先まで吹っ飛んでいく。クロムも手加減はしていないようだ。

そんな余裕もないということなのだろう。

クロムは私を庇《かば》うように前に出ると、こちらを振り返った。

「ディアナ、無事か？」

「え、ええ、ありがとう。油断していたわけではないのだけれど、どうにも彼らには単純な物理攻撃は効かないみたいで」

ホッと息を吐きつつ、答える。クロムが襲ってくる別の狼を返り討ちにしながら言った。

「こちらの攻撃は通るみたいだ。となると、魔力を帯びさえすれば物理攻撃をしても効くみたいだな」

「そう……」

クロムの言葉に眉を寄せた。

つまり私の攻撃は意味を成さないということだ。そして、今の私に碌な魔法攻撃はできないとなると、あと、残された手段はひとつだけ。

「フェリを呼べば、一掃できると思うけど」

私の契約精霊のフェリ。彼女を呼び出せば、今の状態を簡単に覆せる。

だが、クロムは首を横に振った。

「それは止《や》めておいた方がいい」

「どうして？」

今現在、私たちはピンチなのだ。使える手段はなんでも使うのが正解のはず。それなのに何故止めるのかと不服だったが、クロムの言葉を聞いて納得せざるを得なかった。

「君は陛下と約束しているだろう。学園の敷地内でフェリを使えば、その瞬間、賭けは負けになる、と」

「そ、それは……でも、不測の事態だし」

「不測の事態だろうと約束は約束。俺の見立てでしかないが、皇帝陛下はそういう厳しいところがある方のように思えた。ここは確かに絵の中かもしれないが、同時に学園内でもある。使わない方が無難だと思う」

「……そう、ね」

唇を噛む。

クロムの言葉を否定できなかった。確かに父なら『約束は約束』と言うと思ったからだ。

だが、フェリを呼べないとなると、戦えるのはクロムしかいないことになる。

「クロム……」

狼の数は、先ほどよりも更に増えていた。これを彼ひとりで捌《さば》くことになるとか、無茶にもほどがあると思ったが、クロムは笑顔で言ってのけた。

「大丈夫だ。これくらい、物の数とも思わない」

「……」

「むしろ今まで勉強ばかりで全く身体を動かせなかったから、準備運動にはちょうど良いかもしれない。首席卒業という目標があるから学問のみに打ち込んでいたが、たまには思いきり身体を動かしたいとも思っていたんだ」

そう軽く言い、クロムは軽く地面を蹴った。

こちらの様子を窺っている狼に単身、突撃していく。その強さに息を呑んだ。

「すごい……」

クロムが強いことは知っていたし、演習ではあるが、彼が本気で戦っているところも見たことだってある。だが改めて彼の強さに驚かされた心地だ。

魔力を無駄なく纏わせたクロムの拳は速く、確実に狼を仕留めていく。

たまにクロムの攻撃から逃れた狼がこちらに襲いかかってきたが、全く魔法を使えないわけではないので、それくらいはなんとか倒すことができた。

無尽蔵に湧き出る狼。それをクロムは確実に片付けていく……というか、どうやら楽しくなってきたようで、よく見ると口元が緩んでおり、彼が笑っているのが伝わってきた。

――クロム、楽しそう。

そして何より格好良い。

久しぶりに生き生きと拳を振るう姿は、こんな時だというのに私の目にはとても格好良く映っていた。

「――これで終わり……か？」

三十分ほど戦い続けていると、ずっと湧き出ていた狼が出現しなくなった。

クロムに倒された狼がすっとその姿を消す。やはり実際に生きている狼ではないようだった。

それと同時に景色が変わる。気づくと私たちは元の音楽室に戻っていた。

「……え？」

「戻ったのか？」

ふたり顔を見合わせる。時間を確認してみれば、音楽室を訪れてから十分も経ってはいなかった。

一体、今のはなんだったのか。

元凶となった絵を確認しようとするも、先ほどまで絵があった場所には何もない。

「……絵がない？」

まるで最初から何もなかったかのようだ。戸惑いながらもクロムを見ると、彼も狐《きつね》につままれたような顔をしていた。

今、自分たちの身に起こったことはそもそも現実にあったことなのか。

クロムが首を傾げながら言う。

「今のはなんだったんだ？　魔力も減っているし現実……だったと思うが」

私も彼の言葉に同意した。

「ええ、現実だったと思うわ。でも、あの変な絵はどこにもないし……これ、学園長に報告した方がいいわよね？」

イマイチ現実味はないが、妙なことに巻き込まれたのは事実だし、学園内で起きたことだ。トップに報告すべきだろう。だが、クロムは難しい顔をした。

「それは、どうだろう」

「クロム？」

「確かに普通なら報告した方がいいと思う。だが、元凶となった絵はどこにもないし、現状、俺たちが絵の中に閉じ込められたという証拠もない。それに、もし報告すれば皇帝陛下に連絡が行くことは避けられないだろう」

「それは……そうね」

皇女の身に危険が及んだのだ。父に報告が行くのは当たり前。

確かにと頷くと、クロムは渋い顔をして言った。

「俺が恐れているのは、戻ってこいと皇帝陛下に言われないか、ということなんだが」

「お父様が……？」

「可愛い娘が危険な目に遭ったんだ。そう判断しても不思議ではないだろう」

「……お父様はむしろ、それくらい自分でなんとかしろというタイプだけど」

父のことを思い出しながら言う。クロムは「そうなのか？」と言いつつも懐疑的だった。

「……考えすぎかもしれない。だが、もし報告して、万が一帰ってこいと言われたら、多分結婚の話は白紙に戻されるだろう？　俺はそれが嫌なんだ」

「クロム……」

目を丸くする。クロムは自己嫌悪に陥ったように目を伏せた。

「利己的な理由だと分かっている。だが、俺は君と結婚できなくなる可能性がある方が嫌なんだ……」

どこか弱気な声。彼は息を吐き、気を取り直したように私を見た。

「すまない。我が儘《まま》だったな。連絡をするのが当然だ。学園長に会いに行こうか」

「クロム……」

嫌だと言いつつも正しい行動を取ろうとするクロムを見る。

我が儘だなんて思わなかった。だって彼が報告を躊躇《ためら》ったのは、私との結婚がなくなる可能性を恐れてであって、つまりそれだけ私との結婚を望んでくれているということだったから。

そしてそれは私も同じなのだ。

クロムとの結婚がなくなるなんて絶対に嫌だし、彼以外を連れて来られたところで承服できない。

だから――。

「分かったわ。……今回の件、学園長には黙っておきましょう」

「ディアナ？」

怪訝な顔でクロムが私を見る。そんな彼に頷いてみせた。

「私だって、あなたとの結婚がなくなるかもしれないような危険な真似は避けたいもの。幸いにも私たちに怪我《けが》はなかったし、あの絵も消えている。説明しようにも証拠となるものがないからどうしようもないし、黙っていても問題はないと思うの」

「……」

「学園長には報告しない。それでいいと思うわ」

きっぱりと告げる。

本当はそれではいけないと分かっている。でも、今の私たちには報告する方がリスクが高いのだ。

「私たちの最優先事項は、クロムがアインクライネート魔法学園を首席卒業することで、結婚を確実なものとすることよ。……そのためにここに来たのだもの。本末転倒になるようなことしたくないわ」

「……そうだな」

クロムが頷く。

意見が一致したところで、校内放送が聞こえてきた。

『――あと十分で閉門時間です。校内に残っている生徒は、速やかに帰宅するようにお願いします』

「っ！　クロム！」

ハッとし、クロムを見る。いつの間にか、閉門時間に近づいていたようだ。クロムも焦ったように頷いた。

「間に合わないのはまずい。急いで学園を出よう」

「そうね」

返事をし、音楽室を出る。

閉門時間を過ぎても、事情を話せば門を開けてくれるとは思うが、確実に印象は悪くなる。

賭けなんてものをしている現状、イメージダウンとなるような真似は避けたいので、閉門時間前には学園を出たかった。

なんとか閉門時間までに校門に辿《たど》り着き、外に出る。時間ギリギリだったが、間に合ったという事実が大切なのだ。

「……疲れたわね」

ホッとしたらドッと疲れが出てきた。クロムも頷く。

「そうだな。さすがに今日は早く寝てしまいたい」

「色々あったものね……」

息を吐き出し、寮へ向かって歩き出す。

奇妙な絵の中に引き込まれるという不可思議現象。

放置してしまったことは気になるが、絵がなくなっているのだからどうしようもないし、また出会うことがあれば今度こそ学園長に報告しようとクロムと約束し、各々の寮へと戻った。

第三章　次期女帝、不可思議現象にしつこく遭遇する

妙な現象に遭遇してから三日が経った。

あれから特におかしなことは起きていない。

クロムを呼び出したのも結局誰か分からないままだ。

相談に応じてもらえないと諦めたのか、それともまた連絡を取ってくるのかは分からないが、現状こちらから動くことはできないので、待つしかないのだ。

色々気になることはあるけれど、それらに気を取られているわけにもいかない。

何せ私たちには授業があるのだ。しかもクロムは誰よりも結果を残さなければならない人。

気になることはとりあえず放置して、授業に集中するより他はなかった。

◇◇◇

「それでは、解散。今言ったように、各チームそれぞれ提出期限までに魔法薬を完成させるように」

魔法薬の授業を受け持つひげ面の教師が、私たちに告げる。

今日は、前から告知のあった魔法薬を生成する授業だった。

とはいっても教師の見守る中、生成に取り組むわけではない。

三人ひと組のチームを組んで、教師から指定された魔法薬を自分たちの力で作り上げるのだ。

チームごとに作る魔法薬は違うが、その難易度はどれもかなりのもので、ここで失敗すれば相当な成績差がついてしまう。絶対に失敗できない課題だった。

「ええと、私たちに課された魔法薬は……」

教師から渡された課題をオスカーが読み上げる。

私たちのチームは、クロムにオスカー、そして私といういつもの三人だ。チームは自由に組めるので自然とこのメンバーが集まったのだけれど、気心の知れた相手と一緒にやれるのは正直有り難い。

オスカーが、ふむと頷く。

「作るのは傷薬、だね」

「傷薬？　そんな簡単なものでいいの？」

傷薬は、初心者にも作れる。難しい課題を出されると聞いていていただけに肩透かしだった。

クロムが難しい顔をしながら指摘する。

「いや、これは俺たちがどこまで効能のある薬を作れるかという試練だと思う。傷薬と言っても、種類も効果も様々だろう？　軽い擦り傷を治せるものから骨折のような怪我を治せるものだってあるのだから」

「それはそうね」

想像していたのは、小さな擦り傷を治療する程度のものだったが、確かにクロムの言う通りだ。傷薬と一言で言ってもその幅は広い。それこそ世の中には万能薬と呼ばれるような強烈な薬もあるのだから。それだって、広義の意味で見れば傷薬だ。

なるほど、教師は私たちがどのレベルの傷を癒やせる薬を作れるのかを見たいのだろう。

オスカーもクロムの言葉に同意した。

「私もクロムの意見に賛成。しかし、そうなるとこれはかなり難しい課題になるな。どのレベルのものを作るのか決め、その材料を集めて、薬を生成しなければならないのだから」

そうして私たちを見回し、聞いてくる。

「君たちはどのレベルの傷薬を作るつもり？」

「可能な限り、高いランクのものを作りたいわ。万能薬とまではいかなくても、できればそれに追随するものを完成させたい」

一番の成績を取るためにはそれくらい必要だろう。クロムも私の意見に同意した。

「そうだな。あと、できればプラスでなんらかの効能を付与できればと考えている。存在するままの生成方法で作ったところで画一的な評価しか貰《もら》えない。アレンジ能力も見られていると考えるべきだ」

「あー、確かに。加点を狙うならそれくらいした方が良いかもね」

オスカーが唸《うな》る。私もクロムの意見に賛成だった。

「それじゃあ、今私たちにできそうなランクの傷薬を作りつつ、更なるアレンジを加える……ってことで良いかしら」

「ああ」

「うん、そうしよう。まずは、どういうアレンジを加えるかだけど――」

三人で集まり、ああでもないこうでもないと議論する。

元にする傷薬の生成方法がそもそも難しいということもあり、新たに改良を加えたものを考えるまで三日を要してしまった。

それでも、改良を加えた今回の魔法薬は完成させることさえできればかなりの高評価を得られるだろうと確信できる出来映えで、私たちは早速薬を生成するべく材料集めに取りかかった。

◇◇◇

「エリンガルドの根っこと精霊の涙、集めてきたわよ。あと、何が足りないんだっけ？」

自分の担当素材を持ち込み、クロムに聞く。クロムは私から素材を受け取ると、念入りに確認し始めた。それを見ながら近くの椅子に座る。

今、私たちがいるのは、誰も使っていない空き教室だ。集まって作業するのにちょうど良いので、教師に許可を貰って使わせてもらっている。

「やあ、集まっているね」

扉が開き、オスカーが入ってきた。彼も手に担当素材を持っている。

クロムがオスカーから素材を受け取り、こちらも確認を始める。オスカーは私の向かい側の席に座ると息を吐いた。

「お疲れ？」

「まあね。結構特殊な素材があったから。ちょっと国に連絡して都合をつけてもらったんだ」

「国にって、フーヴァル王国にってこと？　いいの？」

フーヴァル国王は許したのかと驚きだったが、オスカーは平然と頷いた。

「うん。学問に必要だからって言えばあっさり協力してくれたよ。君は？　ディアナの方こそ、精霊の涙なんて素材があったけど、大丈夫だったの」

「……私もお父様に連絡を取ったから」

オスカーから視線を逸らす。

私の担当素材の中にあった精霊の涙。それは希少価値の高い素材で、普通に探してもなかなか手に入れられないものだった。

だが、作ろうとしている魔法薬には絶対に必要なものだし、素材の入手も加点対象となると聞いたので、頑張ったのだ。

オスカーが呆《あき》れたように言う。

「なんだ。君も同じなんじゃないか」

「仕方ないでしょ。そうでもしないと手に入れられなかったんだもの」

「そもそも、作ろうとしているものがヤバイ代物だからね。材料も特殊になるよね」

ふたりでクロムを眺める。

今回の魔法薬についてはクロム主導で話が進められたのだが、彼が選んだ元となる傷薬の生成方法は、相当古く、やっかいなものだったのだ。

教師が知れば、よくそれを引っ張り出してきたなと驚く代物。だが、完成させることができれば高評価は間違いないし、だからこそ私たちも頑張っているのだけれど、とにかく集めなければならない素材が難しいのが問題だった。

私もオスカーも自分の権力を駆使して集めてきたのだから、分かろうというもの。

慎重に確認作業を進めていたクロムがホッと息を吐きながら言う。

「よし、全て問題なしだ。あとひとつ、エヨンギがあれば薬を作れる」

「エヨンギか……。確か、新鮮さがポイントなのよね」

エヨンギ。魔法薬に使われる基本的な薬草で、これまで集めたものと比べれば比較的簡単に入手できる代物だ。

だが、このエヨンギ。とにかく新鮮さが重要で、採取して一日以内に加工しなければ使えなくなるという不便さで知られている。

「採取して一日以内か。結構キツイよね。この近くにエヨンギの群生地とかあったりする？」

オスカーの疑問にクロムはすぐに頷いた。

「調べてあります。帝都から少し離れた森にエヨンギが採取できる場所があるとか。ディアナ、トーラスの森を知っているか？」

「ええ。小さな森だけど、色々な薬草が採れると有名よ。確かにあそこならエヨンギも採取できるだろうし、一日以内の条件もクリアできると思うわ。場所も案内できる」

自分の国のことだ。当然それくらいの知識はある。

私の回答を聞いたクロムが提案してきた。

「せっかくだから今から行こうと思うが、どうだろう」

反対する理由はどこにもない。私もオスカーも座っていた椅子から立ち上がった。

「そうね。早いところ材料を集めてしまいたいし」

「うん。気力があるうちに片付けてしまおう」

皆で頷き合う。

全員の意見が一致したところで、トーラスの森へ向かうことになった。

◇◇◇

目的地であるトーラスの森は、帝都から少し離れた場所にある。

徒歩で行くには適していないので、学園が飼っている馬を使わせてもらうことになった。

馬車でも良かったのだけれど、馬に直接乗っていく方が、自由が利くと思ったのだ。

王侯貴族にとって、乗馬は基本的な嗜《たしな》みのひとつ。

私は白い馬を、クロムとオスカーは茶色の毛並みが美しい馬を駆り、トーラスの森へと向かった。

◇◇◇

「乗馬なんて久しぶりだけど気持ち良いわね」

心地好い風を受け、目を瞑る。

よく世話をされた馬は、私の思う通りに走ってくれた。後ろを走るふたりを振り返る。

トーラスの森への詳しい行き方を知っているのが私しかいなかったため、私がふたりを先導しているのだ。

トーラスの森は有名で、迷うような場所にあるわけでもないので、すぐに目的地に着くことができた。

「ここよ」

馬から降り、ふたりに告げる。

私たちがやってきたのは森の入り口。人がよく来るため自然とできた道はあるが、そこまで幅広いというわけでもない。

入り口近くの立木に馬を繋ぐ。ふたりも私に倣った。

「やれやれ。乗馬なんて久しぶりで、お尻が痛いよ」

ぼやいているのはオスカーだ。彼の馬術は見事なものだったけれど、見えないところで無理をしていたらしい。お尻を押さえている。

「殿下は、運動不足なのでは？」

「……否定できない」

クロムに指摘され、オスカーはため息を吐いた。

「アインクライネート魔法学園って、身体を動かす系の授業がないだろう？　完全に鈍《なま》っているんだよね。クロムは？　君はどうしてるんだ？」

「自室で筋トレと、あとは早朝と夜にランニングをしています。こういう学園なので仕方ありませんが、手合わせの時間が取れないのは悩みですね」

「……ランニングなんてしていたんだ。え、ディアナは？　ディアナも走ってるの？」

オスカーが戦きつつも私に聞いてくる。首を横に振った。

「走っていないわ。護衛を困らせることになるもの。ただ、瞑想《めいそう》と軽いストレッチくらいならしているけど。オスカー、もしかして何もしていないの？」

「う……勉強に時間を取られて、なかなか難しくてさ」

オスカーが苦い顔をする。そういうことなら、久々の乗馬でお尻が痛くなるのも当然だ。

「明日、筋肉痛になっていないといいわね」

普段使わない筋肉を存分に使ったのだ。可能性があるなと思いながらも告げると、オスカーは情けない顔になって言った。

「……洒落《しゃれ》になっていないよ、ディアナ。すでに内転筋辺りが痛いんだ。我ながら情けない話だよ」

「まだ十代なのにね。でも、そんなに痛いのなら、傷薬ができたら、あまりを使うといいわ。ね、クロム」

私たちが作ろうとしている傷薬は、筋肉の痛みにも効くものなのだ。効能を確かめるためにもオスカーが実験台になってくれると助かる。

どうでもいい軽口を叩きながら、三人で森の奥を目指す。舗装はされていないが、人がよく通っているお陰で、迷うことはない。

森もそこまで深いわけではないし、日の光も十分すぎるくらい通っているので、危険は全く感じなかった。ちょっとしたピクニック気分だ。

「ディアナ、エヨンギはどこに生えているんだい？」

三十分ほど歩いた頃、肩で息をしながらオスカーが聞いてきた。

お尻が痛いと言っていたくらいだ。すでに身体がキツイのだろう。

「もう少ししたら、開けた場所に出るから。そこに湖があるの。その側にエヨンギは生えているわ」

「うわ、大変だな……」

「殿下、宜しければ、背負いましょうか？」

へこたれそうな声を出したオスカーに、クロムが声をかける。オスカーは慌てて両手を振った。

「い、いいよ！　ちゃんと自分で歩く！」

「ですが」

「ちょっとキツイだけだから。さすがにそんな格好悪い真似はできないよ」

これはいけないと思ったのか、先ほどまでの様子が嘘のようにしっかりと歩き出すオスカー。

そんな彼を勇気づけようと、私は少し先を指さした。広場のようなものが広がっているのが見えている。

「ほら、もうすぐ着くわ。――メギナ湖よ」

森を抜けるとこれまでより一段明るい日差しが私たちを迎えた。湖がキラキラと輝き、とても綺麗だ。メギナ湖はそんなに大きな湖ではないが、透明度が高く、美しいことで知られている。

そのすぐ側には青々とした草地が広がっており、私はそちらへ足を進めた。

「よく見たら分かるとは思うけど、この草地にエヨンギが交じっているの。ほら」

その場に屈《かが》んで、慎重に足の短い雑草のような草をかき分ける。小さな棘《とげ》がついた特徴的な草を見つけ、その葉を採取した。

「――見て。エヨンギよ」

「本当だ。よし、さっさと必要な分を採取するか」

よいしょ、とオスカーが屈む。クロムもエヨンギを探し始めた。

エヨンギは珍しい薬草ではないが、加工までに時間制限があるのと、あとはかなりの量を必要とするのが問題点だ。

一枚の葉から採れる薬効成分の量がとても少ない薬草なのである。

採取した薬草を入れる布袋を広げ、三人でエヨンギを入れていく。一時間ほどすれば、必要量を集めることができた。

あとは帰って、魔法薬の生成に取りかかればいい。完成させるにはかなりのセンスが必要だが、私たちなら失敗することはないだろう。

事前に十分な予習もしているし、できると確信している。

「結構面倒な課題だったわね」

エヨンギを取り終え、腰を押さえる。

中腰で作業していたので、少々腰が痛かったのだ。オスカーなんかは分かりやすく腰を叩いていて、キツそうだった。クロムは……平然と立っている。

そのクロムがハッとした顔である一点を凝視した。鋭い声で私たちの名前を呼ぶ。

「ディアナ、殿下」

「何？」

「何かな、クロム」

背を伸ばして立ち上がる。クロムの視線の先に私たちも目を向けた。

「え――」

少し離れた場所に、巨大な熊が立っていた。いや、熊に似ているように見えるが、魔獣だ。

全長二メートルほどの巨体。後ろ足で立ち上がった、非常に凶悪なことで知られるリアルグリズリーという種類の魔獣が何故かこちらを見つめていた。

「……リアルグリズリー!?　嘘でしょ。トーラスの森にリアルグリズリーが出たなんて聞いたことないわ！」

トーラスの森は安全な森として知られている。

魔獣の類いは出没したことがなく、子連れで来ることすらできると言われている場所なのだ。

その森にリアルグリズリーが現れた。

リアルグリズリーはメイルラーン帝国では、第二種警戒魔獣として登録されている魔獣で、出没した場合は、帝国騎士団の魔獣狩り専門部隊が派遣されると決まっている。

第二種警戒魔獣は第一種警戒魔獣ほどの危険性はないが、それでも単独で出会えば、死を覚悟してもおかしくないほどの魔獣。

一般人にどうにかできるレベルではないのだ。とはいえ、私たちはそれぞれ腕に覚えのある身。倒すことは十分可能だった。

「……」

慎重に構える。オスカーも厳しい目つきになり、戦闘の構えを取った。

そんな中、勢いよく飛び出していったのはクロムだ。

彼はなんの躊躇《ちゅうちょ》もなく、リアルグリズリーに攻撃を仕掛けていった。

「クロム！」

声を上げる。クロムはリアルグリズリーの横腹を思いきり蹴飛ばしていた。まさかの先制攻撃にリアルグリズリーは何もできず、飛ばされる。

四百キロ以上は余裕であると思われる巨体が吹っ飛ぶ様は、壮観というか……むしろ怖さを感じた。

ギョッとする私たちを余所に、クロムは倒れたリアルグリズリーに飛びかかっていく。リアルグリズリーも一瞬で体勢を整え、敵と見なしたクロムに向かっていった。

リアルグリズリーには凶悪な爪があったが、クロムはものともしない。攻撃を上手く避《よ》け、確実にダメージを与えていく。

呆然としている私たちに、クロムが戦いながら声をかけてくる。

「大丈夫だ、ディアナ！　リアルグリズリーくらいならどうにでもなる！」

「……いや、普通はどうにもならないと思うのだけど……って、見ている場合じゃなかった。私も行くわ！」

クロムひとりで戦わせるわけにはいかない。

オスカーもハッとしたように参戦した。

三人で戦えば、リアルグリズリーが相手でも恐れることはない。私の攻撃も以前絵の中に入った時のように通じない……なんてことはなかったので、遠慮なく戦うことができた。

リアルグリズリーは、魔法攻撃と物理攻撃を組み合わせることで倒せる少々特殊な魔獣なので、私とクロムが前線で物理攻撃を行い、オスカーが少し離れた場所から魔法攻撃をする戦法を取ることにする。

クロムがリアルグリズリーを、魔力を帯びた拳で殴りつける。そしてダメージを負ったのを確認し、その場から飛び退《の》いた。オスカーに向かって叫ぶ。

「殿下！　攻撃をお願いします！」

「任せて！　――雷撃！」

オスカーの言葉と共に、電撃魔法がリアルグリズリーの脳天に直撃した。

雷撃は鋭い電撃を浴びせるオスカーの得意魔法。今の一撃で深いダメージを負ったリアルグリズリーがよろける。そこへ私が飛び込んでいった。

「っ！　うおりゃあああああ!!」

全力の蹴りを放つ。リアルグリズリーが一瞬ふわりと宙に浮き上がり、どんと地面に沈んだ。

しばらくビクビクと痙攣《けいれん》していたが、やがて動かなくなる。

「……倒した？」

複数頭いれば、勝つのも難しかったかもしれないが、一頭だけだったことが幸いして、無事倒すことができた。

「……ふう」

ピクリとも動かなくなったリアルグリズリーを見下ろし、汗を拭う。

正直、少し楽しかった。

こんなところで戦闘になるとは思わなかったが、最近はあまり拳を振るっていなかったので、知らず知らずのうちに溜《た》まっていたストレスが解消できた心地だったのだ。

クロムも同じなのか、幾分すっきりとした顔をしている。というか、不測の事態に動揺することなく向かっていったクロムはとても格好良かったし、敵に容赦なく攻撃する彼には正直惚れ直した。

――クロム、素敵だったわ。

うっとりとクロムに見惚《みと》れていると、オスカーが余計なことを言ってきた。

「ね、ディアナ。さっきからクロムを見つめてるけど、もしかして見惚れてたりする？」

「っ！」

揶揄《からか》いが交じった声。何故かどうしようもなく恥ずかしくて、慌てて否定する。

「ち、違うわ。そ、その……咄嗟《とっさ》の判断力が素敵だって思っていただけで――」

「うん、それが見惚れてるってことだと思うんだけどね。君は本当にクロムのことが好きだな」

呆れたように言われ、恥ずかしくなった私は小声でボソボソと言った。

「……好きよ。そんなの当たり前じゃない。好きじゃなかったら結婚したいなんて思わないわ」

「それはそうだろうけどね。……でも、どうする？　確かリアルグリズリーって、魔法薬の材料として結構希少価値が高かったって記憶があるんだけど」

オスカーがリアルグリズリーを指さす。

彼の言う通り、リアルグリズリーからは稀少《きしょう》な素材が採れるのだ。せっかく倒したことだし、このまま放置するのは勿体《もったい》ないような気がした。

「私たちが作る薬に必要ってわけではないけど……でも」

どうしようかと考える。クロムが私に向かって言った。

「それなら俺たちはここで待っているから、ディアナは学園に戻って、教師に報告してくれないか。リアルグリズリーを倒したと言えば、素材回収を助けてくれるはずだ」

「そう、そうよね」

確かにそれが一番手っ取り早そうだ。

魔法薬の先生を見つけられれば間違いなく協力を仰げるだろうし。

「分かった。行ってくるわね」

「気をつけて」

オスカーの声に頷く。そうだと思い、彼らに言った。

「あなたたちも気をつけて。もしかしたらもう一頭、リアルグリズリーが潜んでいる可能性だってゼロではないんだから」

一頭しかいないと決めつけるのは良くない。

ふたりは頷き、私は急いで森の入り口へと駆け戻った。

◇◇◇

休ませていた馬に飛び乗り、学園に戻った私は、職員室に駆け込んだ。

そこには魔法薬の先生だけでなく学園長と、あとは生徒会長のレクスもいて、事情を聞くと皆、一緒に行くと言い出した。

そうして準備を整え、クロムたちが待つ場所へ戻ってきたのだけれど——。

「これは……ずいぶんと大物を仕留めましたね」

学園長が倒したリアルグリズリーを見て、目を丸くしている。魔法薬の先生は逆に目をキラキラと輝かせていた。

「稀少な素材がこんなにも……！　すごい！」

まるで子供のようなはしゃぎっぷりだ。

どうやら声をかけに行ったのは正解だったようで、先生は上機嫌でリアルグリズリーの状態を確認している。

しかし、どうして安全なはずのトーラスの森にリアルグリズリーが出たのかはやはり分からないようだ。ふたり揃って首を傾げていた。

学園長が難しい顔をしながら言う。

「私が学園長になってから今まで、この森に魔獣が出たなんて話は聞いたことがありません。見たところ、他に危険な魔獣がいるようにも思えませんし、もしかしたら第三者が故意にこの森にリアルグリズリーを放ったのかもしれませんね」

魔法薬の先生も学園長に同意した。

「もし、リアルグリズリーが棲《す》み着くようになったのなら、森の様相は大きく変わっているはず。それもないようですし、学園長の言う通り、第三者の仕業と考えるのが良さそうです」

「第三者……リアルグリズリーを放つなんて悪意しか感じませんが、一体誰が……」

先生たちが眉を顰《ひそ》め、リアルグリズリーの出現理由について話し合い始める。

倒したリアルグリズリーを黙って観察していたレクスが感心したように言った。

「あなたたちは魔法だけでなく、体術も優れているのですね。まさかリアルグリズリーを倒してしまうなんて。リアルグリズリーは単純な魔法攻撃だけでは倒すことができません。それをこんなにも綺麗に倒すなんて、さすがフーヴァル学園に在籍していただけのことはありますね」

純粋な尊敬の目を向けられるのが、少し気恥ずかしい。

レクスは立ち上がると私たちに言った。

「もしよければ、素材を買い取らせていただけませんか。ちょうど私たちの班の素材にリアルグリズリーの肝の部位が必要で。どこで調達するべきか悩んでいたところだったんです」

「もちろんだ。好きに使ってくれ。ディアナ、殿下も構いませんか？」

「ええ」

「困った時はお互い様だからね。私たちが役に立てるのなら喜んで」

レクスの申し出に頷いた。

彼には気にかけてもらっているし、リアルグリズリーは偶然出会ったから倒しただけ。そのリアルグリズリーが必要だと言うのなら遠慮なく使ってくれたらいいと思う。

魔法薬の先生と話していた学園長が「うーむ」と唸る。

「リアルグリズリーがどこからやってきたのか分からないのは困りものですが、倒してもらえたのは助かります。あなたたちのお陰で犠牲が出なくて済みましたから」

魔法薬の先生も言った。

「今回の件、加点対象としておこう。リアルグリズリーを倒したのだ。それくらいはあっても良いだろう」

思いがけない申し出に目を輝かせる。

加点してもらえるのは嬉しい。特にクロムの評価が上がることは首席卒業という目標に一歩近づくのだから。

リアルグリズリーは学園長と魔法薬の先生がなんとかしてくれるとのことで、私たちは一足先に帰らせてもらうこととなった。

レクスも素材の回収がしたいとのことで、その場に留まる。

結局、いつもの三人で馬に乗って帰っていると、クロムがポツリと言った。

「しかし、この学園に転入してから立て続けに色々なことが起こるな」

「そうよね」

クロムの言葉に同意する。

数日前には、絵の中に取り込まれるなんてこともあったし、今回はいるはずのないリアルグリズリー退治だ。

これだけ色々なことが連続して起こると、何かの意思が働いているのではないかと勘ぐってしまう。

「誰かが、私たちを陥れようとしているかも……なんて」

さすがにそれはないだろうと思いながら、冗談めかして告げる。

クロムも「考えすぎだ」と私の言葉を一蹴した。そうして思い出したように「あ」と言い、不意にポケットを探り始めた。

「クロム、何をしているの？」

「いや、さっきポケットを探った時に、何故か手紙のようなものが入っていたんだ。色々あって詳しく確かめていなかったなと思い出して」

「手紙……また？」

少し前、手紙で呼び出されたことを思い出しながら聞くと、クロムは頷いた。

気のせいか、その声は嬉しそうだ。

「クロム？　どうして嬉しそうなの？」

「いや……すごいなと思って。だってそうだろう。相手は俺に全く気づかせることなく手紙を仕込んだんだ……。相当な実力者の仕業だと思う」

「仕込んだって」

「いつの間にかポケットの中に手紙が入っていたのだから間違っていないだろう。もし呼び出しなら、久々に手合わせをお願いしたいかもしれない……」

どこかうっとりと告げるクロムを呆れた目で見つめる。

アインクライネート魔法学園で日々、魔法漬けになっていても、やはりクロムはクロムだ。

強者と戦うことに何よりも楽しみを見出すのが彼だということを、久々に思い出した気がする。

「クロムらしいね」

話を聞いていたオスカーが馬上でクスクスと笑う。興味が湧いたのだろう。クロムの側に馬を近づけた。

「で？　君に気取らせることなく手紙を仕込んだ強者はどこの誰なんだい？」

「もう……オスカーまで」

そう言いながらも、私もクロムに近づいた。

呆れの気持ちがあるのは本当だが、彼の目をかいくぐれる強者に興味がないわけではないのだ。そんな人物がアインクライネート魔法学園にいるとは思わなかったから、むしろどこの誰だと興味津々だった。

「待て。今、確かめるから」

クロムが苦笑し、ポケットから封筒らしきものを取り出す。封筒は真っ赤で、あまり言ってはいけないのかもしれないが、正直センスは最低だと思った。

「うわ……赤って……」

「あまり趣味が良いとは言えないね。宛先は書かれているの？」

私は顔を歪めたし、オスカーは苦笑した。クロムが封筒を確かめる。

「……いや、宛名は書かれていないな」

「ふうん？　でも、間違いなくクロム宛てよね……中を確かめてみたら？」

ポケットに入っていたのだから、別人に向けてということはないはずだ。クロムを促すと彼も頷き、封を切った。

「あ」

「え、何？」

封を切るとほぼ同時に、オスカーが何か思い出したかのような声を上げた。彼に目を向ける。

オスカーは妙に焦った顔をしていた。

何事かと思い、尋ねようとするも、クロムの持った手紙が赤い光を放つ。

「え」

「え」

「やっぱり……！」

光が私たちを囲む。何がどうなってそうなったのか。

ひとり状況を理解していそうな声を出したオスカー。だが、彼に詳細を聞くことはできなかったし、遅かった。

何故なら次の瞬間には、私たち三人は、見も知らぬ場所に立ち尽くしていたので。

本当にアインクライネート魔法学園に転入してから様々なことが起きるなと思いながら、私は乾いた笑いを零《こぼ》した。

◇◇◇

「……ここ、どこ？」

呆然とした声が自身の口から出る。

私たちがいるのは、どこかの図書館の中だった。

古書の匂いがする図書館は広く、どこを見ても本だらけ。私たちがいるのは入り口のようだが、五層吹き抜けで、こんな巨大図書館を私は見たことがなかった。

パッと見た感じ、帝都にある世界一の広さを謳《うた》われる帝国図書館よりも大きい。

馬に乗ってアインクライネート魔法学園に帰ろうとしていたのに、気づけば見知らぬ図書館に来ているとか、一体何がどうなったらこんなことになるのかさっぱり分からなかった。

ここにいるのは、私とクロムとオスカーの三人。

あの赤い光を浴びた三人全員が連れて来られたらしい。馬はいないから、私たちだけ転移させられたのだろうか。図書館はしんとしていて、私たちの他に人の気配はなかった。どこか寒々しい雰囲気すらある。

「ディアナ。大丈夫か？」

周囲を警戒するように見回していたクロムが、私の側にやってきた。その目に心配の光があることに気づき、頷いてみせる。

「大丈夫よ。……でも、これ何？」

「分からない。俺も何がなんやら」

途方に暮れる私たち。そんな中、ずっと何やら考え込んでいた様子だったオスカーがポツリと言った。

「……イヴァンカーネフ大図書館」

「イヴァンカーネフ大図書館？　……聞いたことないわね」

次期皇帝として様々な知識を詰め込まれた私ですら知らない名前だ。オスカーはため息を吐くと「知らなくて当然だよ」とどこか疲れたように言った。

「普通の人なら知らないのが当たり前の名称だからね」

「……普通の人？　でも、オスカーは知ってるんでしょう？」

「私は趣味みたいなものだから。でも……こんな経験をすることになるとは思わなかったなあ」

しみじみと告げるオスカーには、現状が理解できているようだった。

「オスカー。何か知っていることがあるのなら教えてくれない？　私たちはさっきまで馬に乗っていたはず。それがどうして、こんな見も知らぬ図書館に飛ばされることになったの？」

「……どこから話せばいいか、ちょっと悩むんだけど」

私の質問にオスカーは少し悩むような仕草を見せたが、やがてひとつ頷いた。

「君たち、アインクライネートの七不思議って知ってる？」

「七不思議……？　何それ。クロムは聞いたことがある？」

「いや……」

クロムとふたり、首を傾げる。オスカーは「そうだろうね」と頷き、私たちを見た。

「じゃあ、アインクライネート魔法学園の創設者、アインクライネート侯爵のことは知ってるよね？当時、偉大な魔法使いとして知られていた彼がこの学園を作ったこと。そして学園の敷地内で大きな魔法を失敗し、亡くなったこと」

「ええ、それは当然」

「そう。まあ、自国の学園のことだものね。でも、これは知ってるかな。……アインクライネート侯爵の死後、学園内で妙なことが起こり始めたって話」

「妙なこと……？　変な噂が絶えないというのは知っているけど」

「その内容は？」

「知らないわ」

素直に告げる。

以前、クロムとブランに学園について話した時にも言ったが、所詮噂は噂でしかないのだ。

「今、知る必要はないと思ったもの」

「そうだね。私でもそう判断すると思う。普通ならそれで問題ないから」

「普通なら問題ない？」

オスカーの何か含むような言い方に眉を顰める。オスカーは頷き、私に言った。

「君は知らなかったみたいだけど、その噂は単なる噂話の類いではないんだよ。実際に妙なことが起こってる。決まった時間に鏡を覗《のぞ》くと、鏡に未来の伴侶の姿が見える、とか。音楽室に現れる絵に魅入られると、その絵の中に閉じ込められる、とか、そういう話だよ」

「あ……！」

オスカーのたとえ話に反応した。思わずクロムと顔を見合わせる。

「音楽室！」

「？　……音楽室？」

事情を知らないオスカーが首を傾げる。そんな彼に私たちは、数日前に起こった出来事を話した。誰かに音楽室に呼び出され、奇妙な絵を見たこと。気づけば絵の中にいて、狼のような生き物を延々と倒し続けたところ、いつの間にか元の場所に戻っていたことを順序立てて説明する。

「……知らないでクリアしたのか。さすがディアナとクロムだね」

「どういう意味？」

何故か感心したような目で見られ、説明を求めるようにオスカーを見る。

彼は近くにあった誰もいないカウンターに手を置くと「冬の狼」と呟《つぶや》いた。

「冬の狼。それが君たちが見たという絵のタイトルだよ。冬の狼は、放課後の音楽室に出現することで知られている。絵を見たものを中へと取り込むんだ。脱出方法はただひとつ。絵の中に出現する狼を全滅させること。……結構な数がいたと思うんだけど、よく無事だったね」

「クロムが運動不足解消がてら、全部倒したわ。あの絵、そんなタイトルがついていたのね」

「アインクライネート侯爵が亡くなった数年後くらいに、突如として出現し始めたんだ。全部倒せば出てこられるけど、戦闘が得意ではない者には厳しいだろうね。実際、何人か犠牲者も出ているんだよ」

語られた話に目を見開く。

「犠牲者が出ているのに、放置しているの⁉」

「放置するしかないんだよ。何せ絵を見たら中に引き摺《ず》り込まれる。しかも絵から脱出したら、その絵は消えているんだ。出る時間と場所が決まっているから近づかないというのが一番の対処法だね」

「……」

呆然とオスカーを見ることしかできない。

彼は図書館を見回しながら話を続けた。

「君たちが遭遇したのが、冬の狼。アインクライネート魔法学園にはね、そういう理屈では説明できない事象が七つあることで知られているんだ。全てアインクライネート侯爵が亡くなったあとに発生しているから、侯爵の失敗した魔法に関係があるんじゃないかと言われているけど、実際はどうか分からない」

「……」

「そして、今私たちが遭遇している『これ』もその七不思議のひとつ。『赤い図書館』。……ある日、突然生徒の元に赤い招待状が届くんだよ。その招待状を開くと、この図書館――イヴァンカーネフ大図書館へと連れて来られる。イヴァンカーネフ大図書館は、アインクライネート侯爵が昔作ろうとして、途中、財政難を理由に建設を中止した図書館なんだけどね。何故かこの図書館は完成していて、しかも中が迷路のように入り組んでいる」

「存在しないはずの図書館に連れて来られたってこと？」

「そう。しかもほら、後ろを見てご覧。何もないだろう？　この図書館には出入り口がない。私たちは閉じ込められたってことなんだよ」

「何それ……」

淡々と語るオスカーを凝視する。話を聞いていたクロムも信じられないような顔をしていた。

「『赤い図書館』。ここの脱出方法はひとつだけ。制限時間以内に出口を見つけるんだ。ないはずの出口をね。ちなみに制限時間を過ぎれば、二度と出口は現れない。私たちは永遠にイヴァンカーネフ大図書館の中をさまようことになる」

「……ちなみに、その制限時間って？」

「それがね、意外と短くて二時間なんだ」

「二時間⁉　それっぽっちの時間で、出口を見つけろっていうの⁉」

思わず大きな声が出たが、許して欲しい。だってオスカーの話は無理がありすぎると思ったから。

パッと見た感じでも相当広い図書館。その中をくまなく歩き、ない出口を二時間で見つけろとか、どうしろというのか。

「何それ……冬の狼もだけど、なんだってこんな危険なものを放置してるのよ」

「だから、回避方法を知っていればそう危険でもないんだってば。赤い図書館の招待状は、開かなければ迎えが来ることはない。招待状が来たら、開けずに処分してしまえばいいんだ。それで回避できるから、危険度は低いくらいなんだよ」

「危険度は低いって……実際、私たちは引っかかってるわけじゃない。大体、生徒全員がその話を知ってるってわけでもないんでしょう？」

私たちのように知らずに引っかかる生徒だっているかもしれないではないか。それなのに放置するとはどういうことだ。

オスカーがキョトンとした顔をする。

「え、知ってるよ」

「え……」

「アインクライネート魔法学園の七不思議は有名だし、入学してくる大半の生徒が知ってるんじゃないかな。もし、知らない生徒がいても、入学時に対処方法を教わるからね。ここ数年、犠牲者は出ていないはずだけど」

「……教わるって、私たち、そんな話、一切聞いていないわよね⁉」

思い返してみたが、七不思議など聞いた覚えはない。クロムも私に同意するように頷いている。

オスカーも「そういえば」と言った。

「私も聞いてないな。説明を受けた覚えはない。……おかしいな。普通、転入生であろうと絶対に教えてくれる話のはずなんだけど。でないと生徒に被害が出るからね」

「本当よ……。でも、それならオスカーはどうして知っていたの？」

聞いていないというのなら、その知識はどこから来たのか。

疑問だったのだが、オスカーはさらりと言った。

「あ、私が知っていたのは、単に元々『そういう話』が好きだからだよ。昔から、理屈では説明できない事象っていうのが妙に好きでね。世界各地の不思議話をたくさん知ってるんだ。その中でもアインクライネート魔法学園はトップクラスに有名だよ。何せ、七つも不思議話があるんだから。実は最初、君たちがアインクライネート魔法学園に転入するって聞いた時、もしかして七不思議にか。

遭遇できるかもとは少し考えたんだ」

まさか本当に来る羽目になるとは思わなかったけどと言うオスカーに悲愴《ひそう》感は全くない。

制限時間以内に脱出できなければ永遠に閉じ込められるというのに、どうして落ち着いているのか。

その理由はひとつしかない気がした。

「オスカー。もしかしてだけど、赤い図書館の出口を知ってたりする？」

おそるおそる尋ねる。オスカーはあっさりと肯定した。

「うん、もちろん知ってるよ。現象だけを調べるような真似はしないからね。大抵、一緒に対処方法も調べる。今回の場合は、招待状を始末する……が正解なんだけど、来てしまったあとの対処法も知ってるから、問題なく脱出できるはずだ」

「……良かった」

オスカーの答えを聞き、心底ホッとした。

出口のない図書館に連れて来られたのだと聞いた時はどうなることかと肝が冷えたが、答えを知るオスカーがいるのは心強い。

オスカーが図書館を見回しながら言う。

「この大図書館はね、パッと見、五階層あるように見えるけど、実は地下にも十階層あってね。しかも迷路のように入り組んでいて、一度中に入ってしまうと元の場所に戻るのも困難なんだ。通ってきたはずの道がなくなり、覚えのない新たな道ができている……とかも普通にあるらしいしね。

正直、何も知らない状態で出口を探すのは難しい……というか、不可能だ」

「でも、オスカーは出口を知ってるのよね？　迷わず、出口まで辿り着くことができる……のよね？」

「うん」

自信たっぷりにオスカーが頷く。そうして、無人のカウンターをトントンと叩いた。

「だって出口はここにあるから。そもそも『出口を探しに行く』というのが引っ掛けなんだよ。ここに来て、事情を知らない者たちは皆、図書館内を調査しようとする。当たり前だよね。出口らしきものが見当たらないんだから。どこかにあるはずだと探すよね？　でも、それが一番の悪手。一度、この場所から離れてしまったら、二度とこのカウンターは見つからない」

「……」

今いる場所が出口に繋がっているのだと聞き、目を見開いた。

そんなの、絶対に知っていなければ発見できないではないか。

だって、今、自分がどんなところにいるのか調べようとするのは、迷い込んだ人間の本能みたいなものだと思うから。

私も知らなければ、とりあえず一階から調べようと提案したと思う。そこに出口があることなんて気づかずに。

「……趣味が悪いわね」

「仕方ない。ここはそういう場所だから。でも知っていれば来てしまったところで怖くもなんともないよ。あ、でも、どんな本があるのか見てみたいって知識欲に駆られた場合はヤバイかも。何せ離れたらもうここには戻ってこられないんだからね」

「確かにそうよね」

ぐるりと周囲を見回す。どの本棚にも本がぎっしりと詰まっていた。

まるで世界中の本全てが揃っているかのように見える。一体、どんな本が納められているのか。

興味を持つ人間は少なくはないだろう。

「……殿下。出口があるのなら、早く戻りましょう。……先ほどから殺気のようなものを感じます。今はまだ遠いし、些細《ささい》なものですが、もしかしたらここには魔獣のようなものがいるのではありませんか？」

「殺気⁉」

クロムの言葉にギョッとした。彼を見ると、クロムは瞳を鋭くさせ、周囲を警戒している。

オスカーが感心したように言った。

「それ、制限時間が過ぎたら出てくるって言われてる魔獣だよ。話によれば、制限時間が過ぎるまでは襲ってこないらしいから、心配しなくていい。でもすごいな。私には全く君の言う殺気を感じ取れなかったよ」

「……私もだわ」

クロムに指摘されても、まだ彼の言う殺気を感じ取れなかった。

それだけ私たちとクロムとの間に差があるということで、ちょっと悔しい。

「まだ強い殺気ではありませんから。ただ、油断なくこちらを窺っているのは確かです。早めに帰った方がいいかと」

「……そうだね、そうしよう。話なら帰ったあとでもできるから」

オスカーが表情を引き締め、カウンターの中へと入る。手招きされ、私たちも彼の側に行った。

オスカーはしゃがみ込み、カウンターの下に置かれた荷を横に退《ど》けている。荷は本だったり、何かの書類だったりが殆どで、雑多に積み上げられていた。

「オスカー……何しているの？」

彼の行動はカウンターの下を片付けているようにしか見えない。不思議に思い尋ねると、彼は潜っていた場所から顔を出した。

「この下に出口があるんだよ。荷を全部退けると……ほら、地下へと続く扉が出てくる」

「あ……」

オスカーが最後の荷物を退けると、確かに地面に四角い扉が見えていた。取っ手となる部分をオスカーが引く。軋《きし》むような音を立て、扉が開いた。地下へと続く階段がある。

「……これ」

「うん。これがイヴァンカーネフ大図書館唯一の出口。さ、行こうか」

オスカーが真っ先に階段を下りていく。予想外の展開に驚いていると、クロムが私の肩を叩いた。

「クロム」

「君が先に行け。俺は最後でいい」

そう告げるクロムの表情には油断がなく、彼が未《いま》だ警戒中であることが分かった。その様子から急いだ方が良いと判断し、頷く。

「ありがとう。行くわ」

躊躇っている場合ではないと、階段を下りる。私の後ろにクロムが続いた。階段は深く、しばらく進むと、地上からの光が全く入ってこなくなった。

先に行ったはずのオスカーの姿も見えない。だけど、後ろにクロムの気配を感じていたので、信じて進むことができた。

「……あっ」

突然、眩《まぶ》しい光が差し込んできた。

暗闇の中での急な光に目をやられ、思わず瞑る。おそるおそる目を開けると、私は道の上に立っていた。

この場所は知っている。アインクライネート魔法学園への帰り道……というか、先ほどまで私たちがいたところだ。

「え……」

「あ、帰ってきたね」

オスカーの声が聞こえ、そちらを見る。彼は三頭の馬の手綱を握っていた。私たちが乗っていた馬だ。

一瞬、自分がどうしてこんなところにいるのか分からず混乱したが、すぐにイヴァンカーネフ大図書館から帰ってきたのだと思い出した。

「戻って……きたのね」

どこか呆然とした気持ちで告げると、オスカーは頷いた。

「うん、皆、無事にね。いやあ、馬たちが逃げていたらどうしようと思ったんだけど助かったよ。皆、この付近で待っててくれたみたいでさ」

「皆……？　そうだ、クロムは⁉」

ハッとし、後ろを見る。クロムが後ろにいたことを覚えていたからの動きだったのだが、正解だったようだ。そこにはまだぼんやりとした様子のクロムが立っていたから。

「クロム！」

「ディアナ……？　殿下も。ああ、無事に戻ったのか」

「うん。出口を見つけ、無事脱出したからね。――もう、殺気も感じないだろう？」

「……そう、ですね。確かに消えています。階段を下りている最中もずっと感じていたのですが、今は綺麗さっぱり」

クロムの言葉を聞き、ゾッとした。

「……その魔獣が、階段を下りるところを見ていたってこと？」

「図書館を脱出しきるまでは、私たちは彼の獲物だということだろうね。でも、魔獣の住処《すみか》はあくまでもあのイヴァンカーネフ大図書館だ。こちらに出張ってくることはないよ」

「そう……」

話を聞いて、胸を撫で下ろした。

私には感じられなかった殺気を放つ魔獣。そんなものとわざわざ戦いたいとは思わない。だが、クロムの意見は違うようで、何故か悔しそうな顔をしていた。

「クロム？」

「いや、あの殺気からしても、かなり強い魔獣だったように思うから、戦ってみたかったと思って。下手にあの場所で手を出して、出られなくなっても困ると思ったから動かなかったが、できれば戦ってみたかった」

「……あのね」

惜しいことをしたと呟くクロムに脱力した。

ある意味すごく彼らしいのだけれど、まさかそんなことを暢気に考えているとは思わなかったのだ。

オスカーが笑いを噛み殺しながら言う。

「クロムって多分所蔵されている本が気になるんじゃなくて、魔獣と戦いたくて出口から離れてしまう稀有《けう》なパターンだよね」

「……否定できないわ」

むしろ簡単に想像がついた。

なんとも微妙な顔をしていると、クロムまでもが同意する。

「確かに。俺も知らなければ、絶対に行ったと思う」

「……」

そこは否定するところではないのか。

オスカーが苦笑いしながら言った。

「さすが、クロムだね。でも、とりあえずは学園に戻ろうか。時間も結構経っているみたいだし」

馬の手綱を渡され、受け取る。言われてみれば、すでに日が傾き始めており、あれから数時間が経過していたことが分かった。

「……学園長たちはもう学園に戻っているわよね？」

「だと思うよ。でも、私たちのことには気づいていないはず。寮に戻ったと思っているだろうから」

「そう、よね」

馬に乗る。改めて学園に戻りながら、ふたりに話しかけた。

「ねえ」

「うん？」

「どうした？」

オスカーとクロムが返事をする。そんな彼らに私は疑問をぶつけた。

「……いくらなんでもおかしいと思わない？」

「おかしい？　どういう意味だ？」

クロムが私の横に馬をつける。彼に一瞬、視線を合わせ、己の考えを述べた。

「アインクライネート魔法学園に、七不思議と呼ばれる不思議現象があることは分かったわ。生徒たちがそれを知っていて、危険はないってことも。でも、たとえ知らなかったとしても、そう簡単に遭遇するものではないわよね？　それとも、知らなかったら、毎日のように遭遇してしまうような代物なの？　七不思議って」

私の疑問にはオスカーが答えた。

「まさか！　そんなわけないよ。七不思議が知られるようになって、その対処法が確立されるまで五十年ほどかかったけど、七不思議に遭遇する頻度は基本、年に一回あるかないかくらいだよ。知ってて自分から突っ込んでいくなら何度も遭遇できるだろうけど、そうでないのなら、それこそ在学中に一度遭遇するかしないか、程度の確率だったはず」

「……その七不思議に私たち、わずか数日で二度も遭遇しているのよね」

そもそも音楽室に至っては、自分から行ったのではなく呼び出されたという事実がある。

招待状に関しては偶然かもしれないが、それにしてもあまりにも短い間隔で二度も、下手をすれば死ぬような出来事に巻き込まれるとか、普通はあり得ないのではないだろうか。

「偶然で片付けるのはどうかって私は思うんだけど。特に冬の狼については場所も時間も判明しているんでしょ？　そこにわざわざ相談があるって呼び出したわけじゃない。オスカーの話では生徒は七不思議の話を知っている。普通、そんな場所に人を呼び出すかしら。悪意がないとやらないと思うんだけど」

「……あと、俺たちが七不思議について知らないことを知っている可能性もあるな」

「そうなの」

クロムの言葉に大いに頷く。

私たちが知らないことを知っていたからこそ、その場所へ誘い込んだ。

だって知っていたら、そもそもそんな危険な場所に行こうとは思わないから。

それは私たちだけではなく、話を知っている者は皆、そうだろう。

だからどう考えても、最初の冬の狼の件はおかしいのだ。

さっきの赤い図書館だって怪しいといえば怪しいけれど、その場所に呼び出した存在がいることを考えれば、冬の狼の方が悪意を持った第三者がいると考えやすい。

「冬の狼も赤い図書館も、死んでもおかしくないような話でしょ。幸い、冬の狼はクロムがいたからなんとかなったし、図書館もオスカーに知識があったお陰で脱出できたわ。でも、そうじゃなかったら？　私とクロムは絵の中で狼に食い殺されていたかもしれないし、図書館の中で今も私たち三人はさまよい続けていたかもしれない」

「……否定はできないね」

オスカーが唸る。もうひとつ、私は気になったことを言った。

「もし私たちが七不思議に遭遇して死んでしまったとして。それに皆が気づくのはどれくらい経ったあとなのかしら。それともずっと気づかれない？」

ちょっとした疑問だったのだ。

私たちが遭遇した七不思議はどれもここことは違う別世界に引き込むものだった。でも、そうされたら、普通気づかれないものではないかと。

だが、その疑問にはオスカーが答えてくれた。

「遺体になると元の場所に吐き出されるらしいから、すぐに気づかれるとは思うけど」

「そうなんだ。行方不明扱いになるのかと思ったわ」

「あとは、学園長が使える特殊な魔法で、七不思議に生徒が取り込まれていないか年に一度調べることになっているから、そこでも判明するかな」

「そんな魔法があるの？」

「うん。アインクライネート侯爵の残した魔法を改良したものらしいんだけどね。ただ、ものすごく魔力を消耗するらしいよ。だから年に一度だけなんだ。確か皇帝も同席したはず。君も皇帝になれば知らされるんじゃないかな」

「ふうん……」

全く知らなかった。でも、そういうことは山ほどあるのだ。

皇帝しか知らないこと。それは少しずつ父から私へ時間をかけて伝えられる。

オスカーが話を続けた。

「七不思議からの脱出方法を調査する際にもその魔法が使われたらしいんだけど、かなり大がかりなものであったらしいって文書が残ってる」

「へえ」

趣味だと自ら豪語するだけあり、オスカーはかなり詳しい。

聞きたかったことを聞け、なるほどと納得していると、それまで黙っていたクロムが決意したように言った。

「――学園長に報告しよう」

「え、クロム？」

クロムを見つめる。彼は真剣な顔で私たちに語った。

「君たちの話を聞きながらずっと考えていたんだが、やはりそうすべきだと思う。悪意を持った第三者がいるかもという話は推測に過ぎないし、考えすぎという可能性だってある。だが、もし本当にそういう者がいるのだとしたら、この先も今回のようなことが起きないとも限らない。その時、上手く対処できると確信はできないしな。二度とこんなことが起こらないよう学園長に報告すべきだ」

「そう、そうね」

きっぱりと告げるクロムに頷く。

確かに彼の言う通りだと思った。前回と今回はなんとかなったが、次も上手くいくとは限らない。もっと危険な場所に跳ばされるようなことがあって、その時、誰も対処法を知らなかったら？

その可能性があるだけに、なかったことにしようとは言えなかった。

一回目の冬の狼の時とは状況が違うのだ。悪意を持った犯人がいるかもしれないと分かった以上、なんらかの対策を取らなければならない。

たとえ、父に報告されることになろうとも。

「……クロムが狙われているのか、それとも間接的に次期皇帝となる私が狙われているのかは分からないけど、黙ったままではいられないわ。報告しましょう」

「ああ、そうするべきだ」

「今回なんて、フーヴァル王太子であるオスカーも巻き込まれたわけだしね。フーヴァル王太子とメイルラーンの次期女帝が学園七不思議に取り込まれて亡くなった……なんて醜聞どころの騒ぎではないわ。下手をすれば、戦争案件よ」

そのオスカーのお陰で今回は助かったわけだが、冷静に考えると、状況的にはかなりヤバイのだ。

犯人が何を考えているのかは分からないが、結果としてメイルラーンの次期女帝とフーヴァルの王太子を死地へと追いやっているのだから。

クロムだって、サウィン公爵家の次男で、父親は国で拳聖と呼ばれるほどの有名人。

国王の側近くに仕えていることも考えれば、クロムに何かあった場合、フーヴァル王家が直接口を出してくる可能性だってある。

私たちが黙っていればいいというものではないのだ。どうしたって国レベルの話になってしまう。

オスカーも私の言葉には賛成のようで、難しい顔をしつつも頷いていた。

「じゃあ、そういうことで。さっさと報告してしまいましょう」

全員が納得したところで、馬の速度を上げる。

今回の件で学園から引き上げてこいと父から命令があるかもしれない。

それは分かっていたが、他国の王族を危険に晒《さら》すわけにはいかないし、私だって国を継ぐ身。

結婚したいから、で目を瞑れるのは限界があるし、してはいけないと分かっているから。

「……ほんっと、どこの誰だか知らないけど、余計なことをしてくれたわよね」

恨み節が出るくらいは許して欲しいと思った。

◇◇◇

馬を戻した私たちは、すぐさま学園長室へと向かった。
幸いにも学園長は室内にいて、私たちを中へと入れてくれたのだけど、当たり前だが首を傾げていた。

「学園長。宜しいでしょうか」

「おや、皆さん。とっくに寮に戻ったと思っていましたが、何かありましたか?」

「ちょっと、ご報告したいことがありまして」

さっと室内に目を向ける。学園長室には魔法薬の先生とレクスもいて、持ち帰ったリアルグリズリーを前に議論を交わしていた。素材とする部位についての話し合いをしているようだ。
このふたりに話を聞かれて構わないか少し考えたが、ひとりは教師だしもうひとりは生徒会長。むしろ私たちに何があったか知っていた方がいいと思い、気にせず話してしまうことにした。

「実は――」

勧められたソファに座り、先ほど遭遇したことを報告する。
前回は冬の狼。今回は赤い図書館に遭ったと告げると、学園長は目を大きく見開いた。

「……なんと、私の知らないところで七不思議に巻き込まれていたとは。それに二度も……」

リアルグリズリーについて語りつつも、こちらの話を聞いていたらしい魔法薬の先生とレクスもやってくる。

特にレクスは顔を青ざめさせ、私たちに向かって頭を下げていた。

「申し訳ありません。まさか、あなたたちが七不思議について聞いていなかったとは思いもよらなくて。新入生には入学式の時に説明するのですが、転入生には転入初日に教えると決まっているんです。それが何故……」

信じられないと呟くレクスの様子に嘘は見えない。

彼はショックを受けたようだったが、ハッとすると私に言った。

「……あなたたちの転入した日、説明を任せた生徒がいたでしょう。彼が説明してくれるはずだったのですが」

「確かレダと呼ばれていた生徒のことよね？　確かに彼なら学園での基本的な過ごし方について説明してくれたけど、七不思議については一言も触れていなかったわ。ね、クロム、オスカー、そうよね？」

「ああ」

「うん。私も聞いていない」

「そんな……」

全員が首を縦に振る。レクスはブルブルと身体を震わせ、やがて「あってはいけないことだ」ときっぱり告げた。そうして該当の生徒を呼び出す。

「レクス様。お呼びになりましたか？」

レクスの呼び出しに応じたレダは、自分がどうして呼ばれたか全く分かっていない様子だった。

むしろ、彼に呼び出されたことが嬉しいようでニコニコとしている。その彼にレクスは厳しく告げた。

「レダ。あなた、ディアナ様たちに七不思議のことを教えませんでしたね？」

「え……？　……あっ」

レクスの指摘に、意味が分からないという顔をしていたレダだったが、やがて「しまった」という顔をした。慌てたように頭を下げる。

「すみません。確かにお伝えすることを忘れていたみたいです。あの日は説明することがたくさんあって、抜けてしまったのだと。本当に申し訳ありません……」

「お陰でディアナ様たちは何も知らないまま、七不思議に遭遇したんですよ。この方はメイルラーンの次期皇帝となられる存在。もし、七不思議で彼女を失えば、あなただけの問題ではなくなります。本当に分かっているのですか……！」

「……本当に、本当に申し訳ありません。うっかりして」

ペコペコと何度も頭を下げるレダ。

どうやら私たちが七不思議を知らなかったのは、彼のミスらしい。危うくそのミスで殺されかけた身としては、しっかりしてくれよと言いたいところだ。

「ほんっとうに申し訳ありません……」

「……はあ、もういいわ」

何度も何度も頭を下げられ、いい加減疲れてきた。

こちらとしては、わざとでなかったと分かったのならそれでいいのだ。

大変な思いをしたことは事実だが、幸いなことに怪我もなく、無事に戻ってこられた。

「謝罪はもういいから、彼、出て行ってもらえるかしら」

レクスに告げる。

彼がいたところで、なんの意味もないからだ。レクスも頷き、レダを学園長室から出て行かせた。

レダが頭を下げながら退出したところで、改めてレクスが私たちに謝った。

「責任者として謝罪致します。この度は本当に申し訳ありませんでした……」

「終わったことを責めても仕方ないわ。それより、教えてくれない？　私たちが遭遇した七不思議はふたつだけど、あと残りの五つ。どんなものがあるのかを」

もしまた似たようなことがあったら困る。

レクスも「そうですね」と頷いた。

「残り五つは、そう危険性の高いものはありません。まずは――」

ひとつずつ、レクスが説明してくれる。

全部を聞き終え、オスカーを見た。彼は七不思議について知っているのだ。オスカーが知っていることと何か違う点がないか知りたかった。

「大丈夫。レクスの説明してくれたことは、私が知っている通りのものだったよ」

「そう……」

太鼓判を押され、ホッと息を吐く。

別にレクスを疑っていたわけではないのだけれど、すでに危険な目に遭っているのだ。警戒するに越したことはない。

安堵していると、私たちの話を黙って聞いていた学園長が口を開いた。

「しかし、本当にご無事で何よりでした。次期皇帝となられるディアナ様に何かあれば、皇帝陛下になんと申し開きをすれば良いのか。ああ、今すぐ陛下に報告しなければ。このようなこと、二度とあっては困ります」

「そう、ね」

ちょっとした諦観を持って、頷く。

今回、私たちはかなり危険な目に遭った。話を知った父から帰ってこいと命令が下る可能性はそれなりに高い。

いや、父なら「それくらい自分たちでなんとかしろ」と言いそうだが、実際どういう答えを出してくるかは分からないのだ。

嫌だけど、まだ賭けは始まったばかりだと言いたいけど、父が戻ってこいと言ってきたら、その時は従うしかないだろう。

ただ、もしそうなった場合は、別の条件にしろと詰め寄るつもりではあるけれど。

こんなことで、クロムとの結婚が台無しになるなんて許せない。

——お父様、帰ってこいなんて言わないでよね。
バタバタと報告準備を始める学園長を見ながら、心の中で思う。
幸いにも私の願いは叶えられ、父から帰還命令が出ることはなかった。

第四章　次期女帝、不運が続く

内心ビクビクしていたが、父から帰還命令を受けることなく済んだ。

それを私とクロムは心から喜んだしホッとしたのだけれど、もちろんそれで終わりだとは思っていなかった。

何せ、悪意を持った第三者がいる可能性に気づいてしまったのだ。

その悪意を持つ誰かが本当にいるのなら、七不思議ではなくともなんらかの災いが私たちに降り注ぐ可能性は十分すぎるほどあった。

油断はできない。

「大体、誰を狙っているかも明らかではないのよね……」

あの事件から二週間後、無事期限内に完成させた魔法薬を提出した私たちは、空き教室に集まっていた。

魔法薬の課題は無事『優』判定を得ている。

先生の意図したものより数段上の薬効がある薬を作ったことを評価されたのだけれど、それについては本当に嬉しかった。何せ材料集めのあとの、魔法薬の生成。それが本当に大変だったからだ。

少しでも調合を間違えたら一からやり直し。しかも、煮詰める時間が一週間以上あるという面倒くささ。

稀少な材料を使っているので間違えればどうしようという不安もある。

二度、手に入れられる自信はなかったので、三人で精神をすり減らしながら魔法薬の生成に挑んだのだ。

そうしてできあがった魔法薬が評価されたのだから喜びもひとしお。

ここのところずっと気にかかっていた課題がようやく終わってホッとしたのだが、そうなると次に気になるのは、私たちに悪意を持つ第三者の存在についてだ。

幸いにもこの二週間ほどは何も起こっていないが、この先も何事もなく過ごせるとは断言できない。

課題も無事に終わったことだし、一度きっちり話し合っておく方が良いのではないかと思えた。

そうして空き教室に足を運んだのだけれど。

「うーん、普通に考えればディアナの命を狙ってる、とかじゃない？　ほら、だって君、次期女帝だし」

近くにあった適当な椅子に座ったオスカーが告げる。私も彼の意見に頷いた。

「ま、そうよね。帝城にいた時も暗殺未遂なんていくらでもあったし、次期女帝となる私を殺そうとするというのは普通にあるわ。帝城よりガードが低くなる学園で殺す……というのも分からなくない。でも、違うって思うのよね」

「違う、とは？」

クロムが聞いてくる。私は頷き、自分の考えを告げた。

「私を狙うにしては、やり方が温《ぬる》いのよ。今までの暗殺未遂は、それこそいきなり刃物を抜いて襲いかかってきたりだとか、一口飲んだら必ず死ぬと言われる毒を盛ってきたりとか、そういう『確実な死』を目的にしてきたわ。そりゃそうよね。私に死んで欲しくてやってるんだもの。万が一にも生き残られたら困るんだから、一撃必殺って感じで来るのが当たり前。オスカーだってそうでしょ？」

私と同じく、オスカーも王族で、次代の国王となる人だ。

暗殺未遂の五度や十度くらいは経験があるだろうと彼を見る。オスカーは苦笑こそしたが、頷いた。

「ま、そうだね。確かに私のところもディアナと一緒だよ。本気で殺す気で来る。上手くいけば死んでくれるかな、なんてまどろっこしいことはしない」

「そうなのよ。で、そう考えると、七不思議に巻き込むって、私たちの基準からしたらずいぶんと温くない？」

「確かに。私たちを狙うような奴らが、死ぬかもしれない……くらいで満足するとは思えない。……ああ、なるほど。だから『違う』と言ったのか」

「そう」

理解したという顔をするオスカー。私は、今度はクロムを見た。

「狙うというのなら、クロムの方がありそうって思うわ。何せ私は今、クロムとの結婚を反対されている身だもの。考えてみれば最初の冬の狼だって、クロムが呼び出されていたわけだし」

私は彼についていっただけだ。そう考えると、犯人の狙いはクロムで間違いなさそうだ。

もしかしたら私がついてくることも想定していたのかもしれないけれど……いや、私を排除するにはあまりにも方法が温い。

「俺が狙われている？　まさか。俺を狙ったところでなんの利もないぞ」

クロムが困惑の声を出すも、オスカーも私の意見に賛成のようだった。

「利がないってことはないよ。何せほら、前回のテストでクロムってば早速首位を取ったわけだし」

「このままでは首席卒業されてしまうと焦った誰かが、クロムを在学中に片付けようとした……辺りなら普通にありそうよね」

「うん。狙いはクロムで間違いなさそうだ。となると、敵はクロムにディアナの伴侶になって欲しくないと考えている人物になるけど……思い当たる人間はいる？」

「そうねえ」

考えてみる。

少なくとも、私の結婚に反対していた大臣たちなら全員動機がある。だが、本当にそうだろうか。

「……やりそうな人間ならいくらでも心当たりはあるけど、この人っていう人はいないわ」

「うーん……レクスは？」

「レクス？」

「うん。だって彼、君の次の見合い相手だったんでしょ？　言うなれば、君の伴侶になりそこねた人物。同じ学園に通っているわけだし、可能性は十分あると思うけど」

「えー……」

オスカーの言葉に目を瞬かせた。彼の言い分は間違っていない。でも――。

「違うと思うわ。彼、良い人だし、この間だって本気で私たちに謝っていたじゃない。それに、彼の祖父であるオッド侯爵は本当に良い方なのよ。彼を尊敬している様子だったレクスが私やクロムを陥れようとするとは思えないわ」

自身の考えを告げる。クロムも私の言葉に同意した。

「俺もディアナの意見に賛成です。レクスは真っ直ぐな良い男だと思います」

「……クロムまでそう言うのなら、違うのかなあ」

きっぱりとした言葉を聞き、オスカーも『レクス犯人説』を取り下げた。

難しい顔をしているオスカーに言う。

「怪しいのはやっぱり、レクスの取り巻きの方だと思うけど。七不思議について、うっかり話すのを忘れていたなんて言っていたけど、聞けばすごく大事な話じゃない。そんな大事な話を『うっかり』で忘れると思う？　私はわざとではないかと思ったのだけれど」

「さあ、どうだろう。一度、彼を締め上げてみれば正直なところを話すかもしれないね。……やってみる？」

「そうね。手っ取り早くていいかもしれないわ。任せて。私、尋問は得意な方なの！」

はいっと手を挙げる。

オスカーも「実は私も得意なんだ。やっぱりどうしたって慣れてくるよねえ」なんてウキウキと言ってくる。

「……止めて下さい、殿下。ディアナも。あんまり物騒なことは言わないでくれ」

よし、それじゃあ、前回見逃したレダという男を今から締め上げてみるか、的な話が纏まったところで、何故かクロムからストップが入った。

頭が痛いとでも言うように額を押さえている。

「クロム？」

「……結論を早く出したい気持ちは分かるが、もしかしたら本当にただうっかり忘れていただけかもしれないだろう。そうだとしたら、尋問はやり過ぎだ」

「そうかしら。手っ取り早くていいと思ったのに」

「良くない。それに、忘れていないか？」

「忘れてる？　何を？」

本気で分からない。眉を寄せると、クロムは「リアルグリズリーのことだ」と言った。

「魔法薬の材料となる薬草を採りに行った際、遭遇しただろう。あの時は否定したが、今はかなり怪しいのではないかと考えている」

「……リアルグリズリーも私たち狙いだって、クロムはそう言いたいわけ？」

「ああ」

少し考える。確かにあのタイミングでのリアルグリズリーの襲撃はあり得なかった。

学園長も第三者の可能性を示唆していたし、一瞬だが、私も怪しいと思った。

難しい顔をする私にクロムが告げる。

「もしこれら全てが繋がっているのだとしたら、単独犯ではないと思うんだ。絶対に協力者がいる。ならば、今ひとりだけを尋問するのは違うと思うのだが」

「……分かったわ」

確かにクロムの言う通りだ。

これだけ多くの事件を引き起こした犯人がいるのなら、その犯行はひとりで行われたものではないだろう。

リアルグリズリーの件だけでもひとりで行うには無理がある。

オスカーも感心したように言った。

「ひとり捕まえて、残りは逃げられた……ってなっても困るしね。そのひとりが、情報を吐くとも限らない。それに確かにリアルグリズリーの件については抜けていたよ。クロム、君の意見は正しいと思う」

「でも、これからも何か仕掛けられる可能性はあるわけだし、日々の行動には気をつけた方がいいわね」

「多分、七不思議案件は起きないと思うけどね。だって、私たちは対処法を知ってしまったわけだから」

「それを相手も知ってるってことよね。ますますあのレダって生徒が気になるんだけど」

やっぱり尋問したいなと思いながら言うと、クロムがポンと私の頭を軽く叩いた。

まるで宥めるような仕草だ。

「止めておいた方がいい」

「……分かってるわよ」

窘《たしな》められ、気恥ずかしい気持ちになる。

フーヴァル学園にいた時は、どちらかというとクロムの方が突っ走るタイプだったというのに、ここに来て役割や立場がちょっと逆転しているような気がするのは気のせいではないと思う。

なんというか、以前よりもクロムは大人になった。

そんな風に思うのだ。

「……クロム、ずいぶんと大人になったわよね」

しみじみと告げる。

クロムは「君と結婚すると決めた時に腹を括《くく》ったからではないか」となんでもないような口調で言ったが、それを聞かされた私は「私のために変わったのか」と顔を赤くしたし、オスカーにはニヤニヤした顔で揶揄われた。

◇◇◇

悪意を持った第三者の存在――。

どこにいるのかは分からないが、警戒を怠ってはいけない。

毎日、ピリピリと神経を尖らせるのはしんどいが、狙われているかもしれないと思いながら過ごすのは慣れている。

それなりに毎日を過ごし、ついに三回あるテスト、その二回目がやってきた。

一度目のテストでクロムは首位。

今回も、彼の様子を見ている限り、首位キープは余裕だろう。そう思って安心していたのだけれど、結果は意外なものだった。

「五位!? 嘘でしょ……」

張り出された成績表を凝視する。

何度見ても『五位』の欄にクロムの名前があった。

ちなみに三位がオスカーで、四位が私だ。

前回のテストで、あまりにも不甲斐《ふがい》なかった自分が許せず、今回は万全の準備を整えて挑んだ結果だが、それについてはそれなりに満足していた。

「……五位か。仕方ないな」

私の隣ではクロムがあっさりとした様子で告げている。その声に悲愴感は一切なく、私の方が焦ってしまった。

「仕方ないなって……どうするのよ。首席卒業しないといけないのに……」

せっかく学園に滞在することができても首席卒業できなければ意味はない。

それはクロムもよく知っているはずなのに、平然としているのが信じられなかった。

近くにいたオスカーも顔色を変えている。

「クロム、本当に大丈夫なのかい？」

「そうよ。お腹《なか》の具合でも悪かったの？」

普通に考えて、クロムが五位になんてなるはずがない。それくらい優秀な人なのだ。私が夫にと望んだ男は。

ふたりで詰め寄ると、クロムは肩を竦《すく》めた。

「最後の卒業テストで一位になれば問題ない。まあ、そういう時もあるさ」

「……そういう時もあるって」

確かにクロムの言う通り、大事なのは三回目にある卒業テスト。

そのテスト結果が、最終成績に大きく影響するのだ。

どれくらい影響があるのかと言うと、ほぼ卒業テスト＝最終成績と言っていいくらい。

おそらく、最後の最後で成績を伸ばしてきた生徒を救済するためなのだろうが、こちらとしてもそのテストで良い点を取ればいいと分かっている分、気が楽だった。

オスカーが眉を寄せながらクロムに言う。

「それでいいのかい。いや、いいはずないし、普段の君なら『それでいい』なんて言わないはずだ。言い方を変えるよ、クロム。君、テストの日に一体何があった？」

オスカーが鋭く追及する。クロムは気まずげにオスカーから視線を逸らせた。それだけで何かがあったのだと理解してしまう。

「もしかして！　何か事件にでも巻き込まれたとか⁉　それなら言ってよ。私、何も知らなくて」

私の気づかないところでクロムがなんらかの被害に遭っていたのかもと気づき、青ざめる。オスカーも心配そうに彼を見た。

転入してからずっと一緒に行動していることもあり、オスカーはクロムのことを以前よりもずっと親しく感じているのだ。仲の良い友人に何かあったのだろうかとその目には分かりやすく書いてある。

「クロム」

「クロム、教えて」

ふたりでクロムににじり寄る。最初は抵抗していたクロムだったが、私たちが引かないことに気づいたのか、大きなため息を吐いた。

「……別に事件に巻き込まれたとかじゃない」

「でも何か起こったのは確かなのよね？　何が起こったの？」

「水くさいよ、クロム。私たちは友人じゃないか。問題が起こったのなら相談して欲しいな」

「……はあ」

もう一度ため息を吐き、クロムが私たちを見る。

「……分かった、説明する。ただ、先に言っておくが、本当に事件に巻き込まれたとかではないんだ。その、偶然というか」

「前置きはいいから、さっさと話して」

「そうだよ」

じとりとふたりでクロムを睨みつける。クロムは降参するかのように両手を上げた。

「テスト当日の朝、登校中に見つけたんだ。腰を痛めて動けなくなった女性を。その人を馬車まで背負って運んだんだが、結果として遅刻して、一教科受けられなかった。ただ、それだけなんだが」

「そんなことがあったの。その女性、腰を痛めたって話だけど大丈夫だったの？」

女性とクロムは語ったが、よく聞いてみれば、彼の祖母くらいの年齢だったらしい。

腰を痛めたおばあさんを、クロムは見捨てることができず、馬車まで運んだのだ。

それは放ってはおけないし、迷わず助けたクロムをとても尊敬するが、その女性のことも気になった。

「大丈夫だったの？　病院まで付き添った方が良かったんじゃ……」

「俺もそうしようかと申し出たんだが、どうも慢性的な腰痛らしくて。慣れているし薬を馬車に置いているから病院には行かなくていいと言われたんだ」

「そう。それならいいのかしら。でもテスト当日の朝に、普段は遭遇しないトラブルに巻き込まれるなんてびっくりね。もしかして、だけど、そのおばあさんも仕込み、とかではないわよね？」

嫌な話だけれど、そういうことは実際にあるのだ。

怪我人を装ってターゲットに近づく……みたいな手は、私も今までに何度も受けた。

今回はおばあさんを使って、クロムを遅刻させる……という手を使ったのではないか。そんな風に思ってしまった。

オスカーも私に同意見のようで、厳しい顔をしている。

「疑いたくはないけど、可能性はあるよね。クロム、そのおばあさんに怪しい感じはなかった？」

「……ありません。どう見ても、腰を痛めているとしか思えない動き方でした。身体の動かし方を見れば嘘かどうかはすぐに分かります。彼女は本当に腰を痛めている様子でしたよ」

「そ、そう……」

身体の動かし方で分かると断言するクロムに呆気に取られる。でも、クロムは自身を鍛えることに余念のない男だ。

筋肉の動かし方についても相当詳しいだろうことは簡単に予想がつくし、その彼が言うのなら間違いないだろう。

「ごめんなさい。考えすぎだったわ」

疑ったことを詫《わ》びる。オスカーも申し訳なさそうに言った。

「私も悪かったよ。すぐに疑ってかかるのは私たちの悪い癖だね」

「……いえ、俺を心配して言ってくれたというのは分かりますから。でも本当に今回は偶然だと思います」

「そうね」

「試験を一教科受け損なったことについては残念だが、仕方のないことだったと思っている。困っている人がいるのに見て見ぬ振りはできないからな」

クロムの言葉に大いに頷く。それでこそ私の愛した男だと思ったし、彼の行動を格好良いと心から思った。

なるほど、確かにそういう事情であれば、五位という結果でも『仕方ない』と思うだろう。

「分かったわ。気を取り直していきましょう」

気持ちを切り替え、告げる。成績表をもう一度眺めた。

張り出された成績表、その一番上には『レクス・オッド』の名前が書かれていた。

◇◇◇

二度目のテストでまさかの五位という成績となってしまったクロムだったが、彼は自分で言ったように全く気にしていないようだった。

アインクライネート魔法学園の生徒らしく、日々を魔法漬けで過ごしている。

時々、運動不足解消として鍛錬を行っているらしいが、その頻度はフーヴァル学園に在籍していた頃とは全く異なる。

勝負は卒業テスト。その時、万が一にも後《おく》れを取ってはいけないと、身体を動かす鍛錬は最小限にして、魔法優先で生活しているのだ。

クロムが何よりも自身を鍛えることが好きなのを知っているだけに、申し訳ない気持ちになったが、謝ることはしなかった。

大臣たちとの賭けに同意したのは、私たちふたりなのだ。

どちらかが謝るようなものではない。

そうして毎日を過ごしているうちに、転入して半年ほどが過ぎた。幸いにも、七不思議のような事件は起こっていないし、リアルグリズリーみたいな魔獣に襲われる事態に巻き込まれてもいない。

転入当初に比べればずいぶんと平和で、だからこそ油断していたのだろうか。

それは、学園主催のとある特別授業中に起こった。

◇◇◇

「ハーイ、皆！　世紀の天才、大召喚士ガイウスがやってきたヨ！」

ニコニコ顔で皆に挨拶するのは、私の師匠かつ叔父のガイウス・メイルラーンだった。

帝国が誇る大召喚士。彼は上級精霊ジンと単独契約を果たしたことで、今や世界中にその名を轟《とどろ》かせている。

私と同じ、赤目に銀髪。

髪は腰の辺りまで伸ばしている。一見、私たちと同じ生徒のように見えるガイウス――師匠だが、ただ童顔なだけ。

実年齢は、父のふたつ下。フワフワした雰囲気を持つ師匠を、集められた生徒たちは緊張の面持ちで見つめていた。

　メイルラーン人にとって、師匠は憧れの存在なのだ。しかもアインクライネート魔法学園の生徒たちは皆、魔法オタクみたいなところがある。そんな彼らにとって師匠は、下手をすれば皇帝より尊敬する人物だった。

　実際、突然現れた師匠に、皆、どう反応すればいいか分からないという顔をしている。

とはいえ今朝、いきなり校庭に呼び出されたと思ったら学園長と師匠がいたのだから、私だって意味が分からなかった。

　師匠が私に気づき、手を振る。

「兄上にお願いされたから、特別授業に来たヨ。姪《めい》っ子の様子も気になることだシ。ディアナ、元気にしてル？　あ、クロムくんモ。今回は大変な目に遭ったネ。面倒くさいこと言う奴ら、よければ僕が全員始末してあげようカ？」

　軽い口調で言う師匠だが、その目は全く笑っていなかった。

　師匠は、クロムを気に入っているのだ。そのクロムが大臣たちに認められていないという現状が許せないのだろう。師匠の気持ちはものすごく分かるし、始末するなら是非とも同行させて欲しいところである。

　皆の視線がクロムに向かう。クロムは「お久しぶりです」と律儀に挨拶してから師匠に言った。

「いいえ。認めてもらえるのなら、その方が良いですから。自分の力でできることですから、自分でなんとかします」

実にクロムらしい答えだ。

彼の言葉を聞いた師匠がニッと唇を吊り上げる。

「いいネ、やっぱり君はイイ。ほんと、クロムくんを選んだディアナの審美眼を褒めてあげたいヨ」

うんうんと頷く師匠。どうやらクロムは師匠の琴線に触れる答えを返したらしい。

元々クロムのことは気に入っていた師匠だが、今のやりとりで、完全にお気に入り認定されたようだ。

学園長が笑顔で私たちに言う。

「本日は、急遽《きゅうきょ》大召喚士ガイウス様が特別授業をして下さることとなりました。こんな機会そうそうないですからね。皆さん、大いに学んで下さい」

「ガイウス様の特別授業!?」

「すごい……大召喚士様から直々に授業を受けられるの？」

生徒たちがざわめく。憧れの存在から直接授業を受けられるということで、興奮しているようだ。

「ま、たまにはネ。僕の弟子でもあるディアナとその婚約者であるクロムくんもいることだし、特別扱いがあってもいいカナって……あ、君、フーヴァルのオスカーくんだったよネ。君も来てたんダ」

ヤッホーと手を振る師匠に、オスカーは几帳面に頭を下げた。

オスカーも師匠とは面識があるのだ。

フーヴァル学園に在籍していた際に行われた『フーヴァル祭』。そのゲストとして私が師匠を呼んだ……という流れがあるのだけれど、オスカーは少し緊張した面持ちだった。

「お久しぶりです」

「久しぶり！　君、以前見た時より更に丸くなったネ〜。いいんじゃないカナ。今の君の感じ、僕は嫌いじゃないヨ」

「……ありがとうございます」

お礼を言いつつも、オスカーが私を見た。小声で聞いてくる。

「……今の言葉、どういう意味？」

「言葉通りなんじゃない？　以前に見た時よりも雰囲気が柔らかくなった、悪くない的な意味に取って間違いないと思うわよ。師匠、変な嘘は吐かないもの」

「そう、か。……でも丸くなったかな？　あまり自覚はないんだけど」

「なったと思うわ。確かに今のあなた、以前よりずいぶんと付き合いやすいもの」

首を傾げるオスカーに笑って言う。

オスカーは元々私の幼馴染みだった。フーヴァル王国とメイルラーン帝国の跡継ぎ同士、親しい方が何かと都合が良いだろうという思惑で引き合わされたのだ。

その時のオスカーは男尊女卑も甚だしい、全く好感を抱けない男だったのだけれど、時が流れ、フーヴァル学園で再会した時にはまるで別人のようになっていた。

それから彼とはそれなりに付き合うようになったのだけれど、アインクライネート魔法学園に来てからは、その時よりもっと親しくなったように思う。

なんというか、ものすごく付き合いやすいのだ。友人としての距離感を忘れず、私やクロムを対等な存在として扱ってくれるオスカー。そんな彼を、私の方も大事な友人だと認識するようになったし、今後も親しくありたいと願っている。

「じゃ、早速だけど授業を始めようカ」

師匠の声がし、話を切り上げ、そちらを見る。

今、この場にいるのは、最終学年の全員。もちろんレクスやその取り巻きである生徒会役員たちもいる。あの、私たちに七不思議のことを教えなかったレダもだ。

彼らも他の生徒たちと同じように師匠を憧れの存在と見なしているようで、こちらには全く意識を向けていなかった。

「……別に警戒しなくても大丈夫よね」

師匠もいることだし、そもそもレダが犯人のひとりだと決まったわけでもない。

あれから何も起きていないから、偶然が続いた可能性だってゼロではないのだ。

あまり気にしないことにして、授業に集中する。

校庭でどんな授業をするのかと思っていると、師匠は持っていた長い杖《つえ》を大きく振った。

大きな丸い鏡が現れる。全身を映せそうな大きさだが、鏡面には何も映っていない。鏡の縁には複雑な文様が刻まれていて、魔力を帯びていることが分かった。

「今日は皆に精霊の世界を見せてあげようかって思ってル。この鏡は特殊なものでネ。精霊世界を映すことができるんダ。昔、僕がジンとの賭けに勝った際貰ったものなんだケド……って、まあ、それはイイカ」

まあいいかと流されたが、ものすごく気になる話だ。

上級精霊との賭けってなんだろう。そして勝ったらしいからいいが、もし負けていたらどうなっていたのかなど考え出すと、なんだかすごく怖い気がした。

クロムも同じことを考えたのか難しい顔をしている。

「……上級精霊と賭けをするなんて、危険ではないのか？」

私に聞いたのは、私も師匠と同じく上級精霊と契約していることを知っているからだろう。

私が契約しているのは氷の上級精霊であるフェンリル——つまりはフェリのことなのだけれど、
当たり前だが賭けなんてするはずがない。

「……人外の存在と気軽に賭けをするなんて普通はできるはずないでしょ。師匠はその……特殊なのよ。クロムだってそれは分かるわよね？」

つまり、師匠は変人なのだ。何せ、単身、ジンと契約してしまえるくらいなのだから。

普通の人と同じ枠組みの中で考えてはいけない。

私としてはクロムに忠告したつもりだったのだけれど、何故か彼は目を輝かせていた。

「そうか……さすがはガイウス様だな！」

「えっ……」

「人にできないことを、さらっとしてしまえる。さすがだ……俺も彼に倣いたい」

「クロムは変人にならなくていいから！」

思わず声を上げてしまったが、師匠の奇天烈《きてれつ》な行動を見習われるのはさすがに嫌なのだ。

クロムが師匠に憧れ、尊敬していることは、フーヴァル祭の時に知った事実だが、奇人変人部分まで尊敬しなくていいし、真似なんてもっとしなくてもいいと思う。

「お願いだからクロムは今のままでいて……」

クロムの肩を摑み、本心から告げる。

クロムは意味が分からないという顔をしつつも「分かった」ととりあえずは頷いてくれた。

◇◇◇

「ヨーシ、じゃあ、鏡に精霊世界を映すゾ～」

妙に張り切った様子の師匠が杖を振る。

それまで何も映さなかった鏡が、突如、景色らしきものを映し出した。

「わ……」

私だけでなく、鏡を見ていた皆が驚嘆の声を上げる。

鏡に映っていたのは、今まで見たことのない世界。

どこまでも続く草原は青々としており、奥には花畑らしきものも見えた。空はあかね色で、様々な精霊たちが飛び回っている。

背中に羽のついた、まるで天使のような外見のものや、人間のような形をしたもの。動物の形をした精霊も大勢いた。大きさも全然違う。小さな精霊もいれば、巨人のような大きさの精霊もいて、精霊と一言で言っても千差万別なのだということがよく分かった。

師匠が契約しているような上級精霊はいないようだが、皆、それなりの力を有していることは確かで、鏡越しにもその力を感じることができる。

「精霊が……こんなにもたくさん……」

生徒のひとりが唖然《あぜん》と呟く。

私たちの生きる世界には、精霊と呼ばれるものたちが存在しているが、そうお目にかかれるわけではないのだ。

秘境に棲んでいたり、そもそも人間から隠れていたりで、あまり姿を見せようとしない。

召喚士が精霊世界から精霊を呼び出し、契約を申し出る……というのが基本で、いわゆる野良の精霊を目にすることは少なかった。

だから鏡に映った、普段見ることのない精霊たちの姿は非常に刺激的で、どうしても釘付《くぎづ》けになってしまう。

「……ここが精霊世界なんだ」

オスカーも皆と同じようで、食い入るように精霊世界を見ていた。

クロムも楽しそうだ。

私はすでにフェリと契約している身なので、そこまで興味はない。皆の驚く様子を見ている方が楽しかった。

「並びなヨ。近くで見せてあげるカラ」

皆が強い興味を持ったことが嬉しかったのだろう。師匠が珍しくも、サービス精神を見せた。

生徒たちが慌てて列を作る。クロムとオスカーも列に並んだ。

「ディアナ！　君も来ないか？」

クロムが目を輝かせて私に手招きしてくる。別に行く必要はないかなと思っていたが、クロムに呼んでもらえるのなら話は別だ。

私はいそいそと彼の隣に並んだ。

クロムが興奮気味に話しかけてくる。

「すごいな。精霊世界なんて初めて見た。ここに君の契約精霊のフェリもいたのか？」

興味があるのだろう。私の契約精霊について聞かれたので、素直に答えた。

「昔はいたかもしれないわね。ただ、フェリはメイルラーン帝国皇帝に受け継がれる精霊だから。私たちと契約してからは精霊世界には殆ど戻っていないと思うわ」

「そうか。なら、君も精霊世界を見るのは初めてなんだな」

「ええ。こんなにたくさんの精霊を見たのは初めてだったから驚いたわ」

順番待ちをしながらクロムと話す。私たちの順番は後ろの方で、なかなか列は進まなかった。それでもしばらくすれば順番が回ってくる。

「さ、ドウゾ」

師匠に促され、鏡の前に立つ。クロムとふたり、鏡に広がる世界を見た。

「すごく幻想的……」

精霊世界には魔力が満ちているのだろう。空気にまで濃度の高い魔力が混じり、蜃気楼《しんきろう》のようにうねりを生み出しているのが見えた。

精霊たちは自由気ままに過ごしており、こちらが見ていることには気づいていない。

「……綺麗」

いつまでも見ていられる。

ほうっと息を吐き、精霊世界を眺めていると、隣から「わ！」という声が聞こえてきた。それと同時にクロムが鏡の中に落ちていく様が見え、私は咄嗟に彼のローブを掴んだ。

「クロム‼　きゃあああ‼」

引き留める力より、落ちる力の方が強い。ローブを引っ張ってみたが意味はなく、逆に私までもが一緒になって鏡の中に落ちてしまった。

「あああああああ‼　痛いっ！」

ドスンという音と共に、地面らしき場所に落ちる。

咄嗟にローブから手を離して受け身は取ったが、地面に投げ出されたのだ。痛いことには変わらない。

「ううう……なんかこの学園に来てから、こんなのばっかり……」

絵の中に引き摺り込まれたり、見知らぬ図書館に転移させられたり、しまいには精霊世界にご招待、だ。本当に嫌になる。

「いたた……クロム、無事？」

身体を押さえながら立ち上がると、私とは違い、綺麗に着地していたクロムがこちらを振り返った。

「俺は大丈夫だ。ディアナは？　怪我はないか？」

「怪我という怪我はしていないけど……。ね、クロム、一体何があったの？」

私の目には突然クロムが鏡の中に落ちたように見えた。だが、クロムは慎重な人だ。うっかりで落ちるなんてことはないと思うのだけれど。

「後ろから誰かに押されたんだ。その前に『押すな』という声が聞こえたから、誰かが後ろから押して、更に押された誰かが俺を押した……というのが真相だと思う」

「何よ、それ単なるドミノ倒しじゃない……」

完全にとばっちりで落ちたのだと聞き、こめかみを押さえた。ため息を吐き、自分が落ちてきたと思われる場所を見る。

鏡がないか確認したかったのだが、残念ながら影も形もなかった。

「……鏡、ないわね。こちらからは認識できないのかしら。それともアクシデントが起こって、一時的に繋がらなくなっているのか。クロムはどっちだと思う？」

「アクシデントの方だと思う。俺たちが落ちたことは、皆が目撃していたはず。ガイウス様もいらっしゃることだし、すぐに助けが来るだろう」

「そうね。じゃあ、私たちはここで待っていればいい、か」

「そうなるな」

下手に動いて、居場所を特定できなくなっても困る。こういう時は落ちた場所から動かないのが一番なのだ。

私たちが現れたからだろう。鏡に映っていたたくさんの精霊たちの姿がいつの間にやら消えていた。

幻想的な光景は鏡で見たままの美しいものだったけれど、精霊がいなくなるだけで途端、物寂しいように思えてくる。

私たちがいる場所は、草原のど真ん中。

温度は適温で、暑くもなければ寒くもない。風は吹いているが心地好いもので、数時間程度なら待てるだろうと思った――のだけれど。

◇◇◇

「来ない……」

草原に三角座りをしながら呟く。我ながら、なかなか恨みがましい声が出た。

私たちがこの場所に落ちてから約三時間。

一向に迎えは来なかった。

「……師匠。一体何をしているの……」

「ディアナ、落ち着け」

ぐるるという野生の獣のような唸り声が己の口から出る。クロムが私を落ち着かせようと、背中を叩いた。

「きっとガイウス様の方にもなんらかの事情があるのだと思う。待つのは辛いが、俺たちにできるのはそれしかないのだから——」

「もうやってられない！」

勢いよく立ち上がった。クロムに詰め寄る。

「事情があるって言っても、もう三時間も経つのよ？　それだけあれば、あの師匠なら、五回は助けに来てるはず。それが、未だ姿を見せないのよ。これが怠慢でなくてなんだというの！」

師匠の実力を知っているからこそ、現状が信じられなかった。

伊達《だて》に大召喚士などと呼ばれていないのだ。師匠は。

私に素手での戦い方を仕込んだのも、魔法の使い方を教えてくれたのも師匠。

師匠がどれほどすごい人か、私は知っている。

たとえ面倒なゴタゴタに巻き込まれようが涼しい顔をしてスルーをし、五秒で迎えに来るのが師匠のスタンスなのだ。

三時間も待たせるなどあり得ない。

私は一緒に座っていたクロムに目をやり、彼に言った。

「行きましょう、クロム」

「え、行くって、どこへだ？」

　クロムが目を瞬かせる。私は腰に手をやり、堂々と言った。

「ここから私たちの力で脱出するのよ。これだけ待っても師匠が来ないということは、自分でなんとかしろという師匠からの無言の圧力に他ならないわ。あの人、昔からそういうところがあるの。多分、間違いないと思う」

「……まさか」

　信じられないという顔をするクロムに、私は首を横に振って答えた。

「残念だけど、師匠はそういう人よ。愉快犯なところもあるし、クロムだって師匠が変わった人だって知っているでしょう？　これは自分たちでなんとかしろということ。すぐに迎えに来なかったというのが、良い証拠だわ」

　むしろ馬鹿正直に三時間も待ってしまった己が恥ずかしい。もっと早く気づかなければならなかったのに。

「なんとかここから自力で脱出しなくちゃ。まずはどこを目指そうかしら……」

「ディアナ、本気で言ってるのか？」

「ええ、もちろん」

　未だ信じられないという顔をするクロムに真顔で頷きを返す。

「クロムは忘れているようだけど、師匠は私のお父様の弟なの。一見似ていないようで、わりと性格は似ているわ。そして前にも言ったでしょう？　お父様は『自分でなんとかしろ』というタイプだって。自分で問題解決できないような軟弱な跡継ぎは要らないというのがお父様で、師匠も確実にその系統なのよ。『え？　それくらいのこと自分でなんとかできないノ？　君にはガッカリしたヨ』くらいのことは平然と言ってくるに違いないわ」

「……」

確信を持って告げると、クロムは複雑な顔をして黙り込んだ。

そんな彼に言う。

「だから行きましょう。師匠に幻滅した、なんて言われないよう、一刻も早くここから脱出する。それが私たちに課せられた試練よ」

「……分かった。確かに、あのガイウス様なら言いそうな気がしてきた。それに君は彼の身内で師弟関係にある。そんな君がそこまで言うんだ。俺は君に従おう」

「ありがとう。絶対に間違っていないと言い切れるから、心配しないで」

そうして改めて周囲を見渡す。

私たちがいる草原は広く、三百六十度全てに広がっている。正直どこを目指したらいいのかも分からなかったが、動かないよりマシなので適当に歩き始めた。

歩いても景色が変わらないというのは少し怖いものがあるが、師匠に文句を言われる方が嫌だし、クロムも一緒なのだ。

ひとりではないということが、私に力を与えてくれた。

「ディアナ」

サクサク歩いていると、クロムが話しかけてきた。ちなみに私たちは手を繋いでいる。

これは別に、イチャイチャ気分で……とかではなく、不測の事態が起こった時に離ればなれにならないようにという、互いに対する迷子防止策のようなものだ。

何がどうなっているかも分からない精霊世界でバラバラに離れることほど恐ろしいことはない。

それに手を繋いでいると、ひとりではないという安心感を得られる。

心の安定を図るにはちょうど良かった。

「何かしら、クロム」

クロムの呼びかけに返事をする。彼は歩きながら、私に聞いた。

「話したくなかったら別に言わなくてもいいんだが、ディアナはもしかして、今までにガイウス様に今回のような試練を与えられたことがあるのか」

「え」

「いや、妙に力説していたし、迫力があったから、今までにも似たようなことがあったのかと思って」

「……」

クロムの言葉に一瞬無言になる。だけど、別に言いたくないわけではないので、諦めて口を開いた。

「あるわよ。幼い時に秘境に連れて行かれて、自力で帝城まで帰ってこいとか、そういう経験ならいくらでも。しかも、戻ってくるのが遅いと『ガッカリしたヨ。君ならあと二日は早く帰ってこられると思ったんだけどナ。見込み違いだったのカナ』とか言われるの。あと、ピクニックだと言われてついていったら、どこぞの森の奥で、いつの間にか師匠の姿が消えていたこともあったわね。ふふ……何度煮え湯を飲まされたことか……」

思い出すと、師匠に対して殺意が湧く。

とはいえ、師匠のことは本心から尊敬しているし、すごい人だと思っているのだ。

かなりえげつないことをされてはいるが、父も了承していたようだし、私ならできると見込んでの修業だったのだ。恨んではいない。

「……メイルラーンの皇帝になるのは大変なんだな」

同情の視線が向けられたが、私は肩を竦めて答えた。

「別にそんなことないわよ。どこの王家も似たようなものだし、多分、オスカーもそれなりの経験を積まされていると思うわ。……国のトップに立つんだもの。最低限、ひとりで生きていける能力は必要。父はその能力をつけさせる教師として師匠を選んだの。……もう少し優しい人でも良かったのにと思わなくもないけど、それは昔のこと。今は、感謝しているわ」

過去を思い出し、小さく笑う。

クロムは「そうか……」と頷き、私に言った。

「その話を聞いたあとだと、君の『自力脱出すべき』という結論は間違っていないように思えるな」

「でしょ。むしろ、三時間も時間を無駄にしてしまった。どうしよう案件なのよね」

「確かに」

「……それにね。もしそうだとするのなら、師匠は私たちなら帰ってこられると判断したってことなの。私たちならやれると思われているのよ。期待には応えたいと思わない？」

もし無理だと思ったら、そもそも師匠は私たちを放置しない。

それこそすぐにでも迎えに来ただろう。それがない時点で、私たちならできる。だから自分で戻ってこいと取ることができるのだ。

期待されているという私の言葉を聞き、クロムが顔を輝かせる。

「期待……そうか。ガイウス様に期待されているのなら頑張らないとな」

尊敬する師匠に期待されているようだと知り、やる気が湧いてきたのだろう。それは良いことだと思うのだけれど、いつも思う。

クロムはちょっと師匠のことが好きすぎではないだろうか。

途端、やる気を出し始めたクロムを胡乱《うろん》な目で見る。

「……私、師匠に嫉妬するとか嫌なんだけど」

すでにクロムとは両想いで、婚約関係にあるのだ。彼は誠実な男だし、今更女性相手に嫉妬することはないと断言できるが、なんだろう。師匠のことをキラキラした目で語る彼を見るたび、もやっとした気持ちが湧き上がる。

どうして女性ではなく男性に嫉妬しなければならないのか。

ため息を吐いていると、クロムが不思議そうな顔をしながら言った。

「どうして君がガイウス様に嫉妬するんだ？　彼は尊敬に値する素晴らしい方だろう。昔から彼のことは好きだったが、実像を知ってからはより尊敬すべき方だと思うようになったぞ。ああ、そうだ。戻ったら、ガイウス様にサインを貰わなければならないな」

「サインって……この間貰っていなかった？」

実はクロム、フーヴァル祭で師匠と会った折りに、どうやらサインを貰っていたようなのだ。その話をあとから知った時は呆れたのだが、実は私も似たようなことを違う相手にしていたので人のことは言えなかった。

とはいえ、一枚あるのなら二枚は要らないだろう。そう思ったのだが、クロムの意見は違った。

「その時、その時のガイウス様の直筆サインが欲しいんだ。君なら分かるだろう？　俺のファン心理を」

「ごめんなさい。さすがに私、その域には達してないから分からないわ……」

師匠ガチファンの言うことは、理解できない。

嫉妬の気持ちが、萎《しぼ》んでいく。

どうしてクロムがここまで師匠のことを好きなのか分からないが、これはきっと一生理解できないのだろうなとなんとなく悟った。

◇◇◇

勘が頼りとばかりに適当な方向へ歩き出した私たちではあったが、運は悪くなかったようだ。

十分ほど歩いていると、ひとり（という言い方が正しいのか分からないが）の精霊が私たちの前に姿を見せた。

女性の形をした精霊だ。二十センチくらいの大きさで髪は青色で腰まであり、葉でできた丈の長いドレスを着ている。スラッとした体型だ。

彼女は興味深そうな顔で私たちを見ると、鈴を転がすような声で言った。

『精霊世界へようこそ。あなたたち、人間よね？　もしかして、こっちの世界に迷い込んじゃったの？』

「え、ええ」

まさか話しかけてくるとは思わず驚いた。彼女はクロムではなく、私をじっと見つめている。

『あなたからフェンリル様の気配を感じるわ。……契約者かしら？』

「そう、だけど」

ここでフェリのことを言われるとはと驚いたが、精霊はやっぱりと得心したように頷いた。

『そうだと思った！　フェンリル様が人間と契約したことは私たちの間でも有名な話だもの。へえ……あなたがフェンリル様の契約者なのね』

興味津々という顔で私を観察する精霊。しばらく私を見ていた彼女だが、やがて後ろを向き『皆、出てきて！　彼女、フェンリル様の契約者だから大丈夫よ！』と言った。

途端、次から次へと精霊が現れる。

全部で十人くらいだが、皆、最初に出てきた精霊と同じ色合いをしていた。着ているドレスも同じだ。

彼女たちは私を取り囲むと、きゃいきゃいと好き勝手話し始めた。

『わ～。フェンリル様の契約者！　どんな人間が来たのかと心配だったけど、フェンリル様の契約者なら安心よね』

『ね～。でもフェンリル様は一緒じゃないの？』

『久しぶりにフェンリル様にお会いしたい～』

期待の目で見つめられる。

フェリを呼んで欲しがっていることは明らかだ。

私としても、見知らぬ精霊世界。フェリを呼びたいところではあるが、果たしてここは学園内とカウントされてしまうのだろうか。それが問題だった。

『ねえ！　ねえ、呼んでよ。私たち、氷の精霊なの。フェンリル様は私たちを取りまとめている上級精霊。たまにはお会いしたいのよ。駄目？』

精霊たちが各自制服を引っ張り始めた。強い力ではないが、困る。

助けを求めるようにクロムを見た。

「……クロム。どうしたらいいと思う？　クロムは私がお父様との約束で、学園敷地内でフェリを呼び出せないことは知ってるわよね？　鏡があった場所を考えると、ここは学園敷地内と考えるべき？　それとも別の場所だから呼んでも大丈夫なのかしら……」

それが分からなければフェリを呼べない。

相談を持ちかけられたクロムも分からないようで「どうだろう」と眉を寄せていた。

「普通に考えれば、ここは精霊世界だから別と考えるのが正解だと思うが」

「そうよね。でも決まったことを覆した挙げ句、賭けを持ちかけてくるような人たちが相手なのよ？　つけいる隙を与えることにならないかしら」

「それは……」

否定できないようでクロムが黙り込む。その間も精霊たちは『フェンリル様を呼んで～』と騒いでいた。

全然引く様子が見えない。呼ぶまで付き纏われそうな勢いさえ感じた。

とはいえ、呼んでもOKと確実に言える状況にないので、彼女たちの要望に応えるわけにもいかない。困り切っていると、呆れたような声が響いた。

『――全く、さっさと私を呼べばいいのに、真面目なんですから』

「フェリ！」

声と共に姿を見せたのは、まさに今、話題となっていたフェリだった。

青みの混じった銀色の体色をした巨大な狼。

本来の姿を現したフェリに駆け寄る。

「フェリ、どうしてここに……？　私、呼んでいないのに」

『ガイウス様より皇帝陛下に連絡があったのです。姫様たちが精霊世界に落ちた、と。それで私がここに。今回は緊急事態ですので、私がいてもお咎めはないようです』

「お父様が……」

フェリの前契約者は現皇帝である父だ。そのため、契約主が変わった今も、ある程度なら言うことを聞いてくれる。

普通なら契約主以外に従わないのが上級精霊だが、そもそもフェリはメイルラーン皇家と契約しているので、その辺りは少し緩いのだ。

とにかく、父からOKが出たことにホッとした。

初めての精霊世界。契約精霊がいるといないでは安心感が全く違う。

クロムも同じ気持ちなのだろう。フェリの言葉を聞き、明らかに安堵の表情を浮かべていた。

私にフェリを呼べと強請《ねだ》っていた精霊たちが顔を輝かせながらフェリの周りを飛ぶ。『フェンリル様だ！』と大喜びではしゃぎ回っている様は可愛らしかった。

「良かった。じゃあ、フェリがここから脱出させてくれるのね」

フェリなら楽勝で精霊世界から脱出できるだろう。何せ、自分が元いた世界なのだから。

期待を込めてフェリを見る。だが彼女は何を言っているのだという顔で私を見た。

『え、私は何もしませんけど』

「え……」

何もしない？

どういうことかとフェリを見る。彼女は当然のように言ってのけた。

『私は姫様たちに危険が及ばないよう遣わされただけです。この世界からの脱出は、私の助けなく、ご自身でやってもらうことになりますが』

「……嘘でしょ？」

まさかまさかのフェリの言葉に目を丸くする。クロムもこう来るとは思っていなかったようで「え」という顔をしていた。

「フェリは助けに来てくれたんじゃないの？」

『いざという時は助けますが、基本は何もしません。いるだけです』

「いるだけなの⁉」

『これくらいのこと、自分たちの力でなんとかできなければ次期皇帝として失格……とのことです』

「ぐぐ……お父様」

父らしい台詞に呻き声が出る。確かに父ならそう言うだろう。分かっていた。分かってはいたのだ。クロムがフェリに確認する。

「……俺たちは自身の力でこの世界から脱出することを求められているのだな？」

『少し違います。正確には、脱出方法を見つけること。それができれば合格。自分で帰ってこいとまでは言いません。方法さえ見つけられれば、ガイウス様が迎えに来られるでしょう』

淀《よど》みなく告げるフェリに、なるほどと納得した。

「……脱出方法を模索するのが試練ってことね。ねえ、フェリ。一応聞くけど、私たちがこの世界に来たのって師匠の予定にはなかったのよね？」

修業をつけられている気分になりつつ確認すると、フェリは『もちろんです』と答えた。

『これは完全な偶然。ただ、せっかくだから姫様たちがどこまで頑張れるのか確認するのに使おうというのが皇帝陛下とガイウス様の共通した意見でした』

「……そう」

完全な偶然を、あっさり修業に変えてしまうのが師匠であり、それをよしとするのが父なのだ。

クロムを見ると、彼は目を丸くしながらも私に言った。

「本当に、君の言った通りだったな」

「でしょ。お父様も師匠もこういう人たちなのよ」

乾いた笑いを零しながらも告げると、フェリが『ああ、そうでした』と言った。

『「頑張ってネ、ディアナ、クロムくん。君たちが無事精霊世界から脱出する方法を見つけられると信じてるヨ」こちら、ガイウス様からの伝言です』

「……なんて要らない伝言。でも分かったわ」

ため息を吐きつつ、了承を告げる。

私たちの現状を知って、それでも自分たちでなんとかしろと言うくらいなのだ。ここはそこまで危険なわけではないのだろう。一応、フェリも派遣してくれたし、身の安全は保障されている。

それなら、ずいぶんとマシな部類だ。

「……脱出方法についてだけど、フェリに聞くのはもちろんアウトよね？」

『はい。ですが、私以外なら大丈夫ですよ。——ほら、そこに色々知ってそうなのがいるでしょう？』

「知って？　ああ！」

フェリが見たのは、彼女の周りを楽しげに飛ぶ精霊たちだ。

彼女の視線を追い、頷く。

頼っていけないのはフェリだけで、他は構わないというのなら、確かに彼女たちに聞くのが手っ取り早そうだ。

「ねえ、あなたたち。少しいいかしら」

精霊に話しかける。フェリに夢中になっていた彼女たちは動きを止め、私を見た。

『何？』

『私たちに用事？』

「ええ、そうなの。聞きたいことがあるのだけど、いいかしら」

『……いいけど』

チラリとフェリを見たあと、精霊たちが頷く。どうやらフェリの意向を気にしているようだ。

そんな彼女たちに私は言った。

「私たち、人間の世界に戻りたいのよね。でも、どうすればいいのか分からなくて。もし知っていたら教えてくれないかしら」

『人間世界に戻りたいの？』

キョトンとした顔で聞いてくる精霊に頷く。

「ええ、ここに来たのは偶然。トラブルだもの。帰らなくちゃ」

『えー、ここにいればいいのに！』

そう言う声に悪気は全くなく、精霊たちが本心から言っているのが分かる。だが、それでは困るのだ。

父と師匠から合格を貰うためにも、なんとかして脱出方法を見つけなければならない。

「お願い。知ってることがあればなんでも構わないから……！」

『フェンリル様なら連れて帰ってくれるわよ。あなた、契約主なんでしょう？』

精霊の言葉はその通りすぎるのだが、今回フェリは頼れない。

「その手段は使えないの」

『そうなの？　上級精霊なら自由に精霊世界と人間世界を行き来できるから、フェンリル様に頼れば一発なのに』

「うぐ……私も頼れるものなら頼りたいんだけどね」

できるものならそうしたいという気持ちを込めつつ答える。

しかし、やっぱり上級精霊は、精霊の中でも特別な存在のようだ。彼女たちの口振りから、普通の精霊では自由な行き来はできないのだと分かるから。

「フェリに頼らない方法で帰らなければいけないの。他にあれば教えて欲しい。……ほんっと、お願い」

精霊たちにお願いするよりないのだ。

必死に頼み込むと、やがてひとりの精霊が『そういえば』と言い出した。

『ここから少し行った湖に、そういうことをよく知っている精霊がいたはず。人間の世界に行きたい精霊はその精霊にお願いすると、行き方を教えてくれるんだって聞いたことがあるわ』

「！　それ、教えてくれる⁉」

まさに私が求めていた答えだと思いながら、精霊に詰め寄る。精霊は目をパチクリさせていたが、やがてにっこりと笑った。

『いいわ！　あなた、フェンリル様の契約者だもの。同じ氷の精霊のよしみで教えてあげる』

「ありがとう……！」

なんとか案内してもらう約束を取りつけ、ホッと胸を撫で下ろす。

クロムも「良かった」と呟いていた。

「なんとかなりそうだな」

「ええ。親切な精霊で助かったわ」

「親切というより、君がフェンリルの契約者だからという面が大きいだろう。どうもフェンリルは彼女たちに尊敬されているようだから」

「やっぱり上級精霊は特別ってことなのかしらね」

『ねえ！　行くわよ！』

ふたりで話していると、案内を請け負ってくれた精霊が私たちを呼んだ。慌てて返事をして、彼女の後を追う。

フェリは無言でついてくるだけだ。本当に全く助けてくれる気はないらしい。

とはいえ、元々フェリにはそういうところがあるので、気にならなかった。

自分でできることは全部やって、それでも駄目な時だけ手を貸してくれる。フェリはそんな感じなのだ。

「精霊世界って、初めて来たけどすごく綺麗なのね」

先を行く精霊を見失わないようにしつつも、周囲を眺める。いつの間にか景色が変わっていた。

空がピンク色と黄色と黄緑色が入り交じったような色をしている。

芝生も緑ではなくピンク色だ。私たちの世界ではあり得ない色合いを見ると、ここが自分たちの生きる世界ではないことを強く思い知らされた心地になる。

時折、精霊と思われる集団と遭遇する。彼らは私たちに興味があるようだったが、話しかけてはこなかった。

目線を寄越しはするものの、すぐにすいっと逸らしてしまう。

「どうして話しかけてこないんだろう」

彼らの反応が気になったのか、クロムが呟く。それには案内をしてくれていた精霊が答えてくれた。

『あなたたちがどんな人間か分からないから、近づかないってだけよ。精霊って誰に対しても友好的ってわけじゃないの』

「え、ならどうして私たちには優しくしてくれたの？」

単純に気になったのだが、それに対してはあっさりとした返答があった。

『決まってるじゃない。あなたがフェンリル様の契約主だから。それしかないでしょう？　でも、それでも寄ってくるのは私たち氷の精霊だけよ。他の精霊たちは近づかないと思うわ』

「へえ……そういうものなのね」

同族意識が強いということだろうか。

クロムも納得したようで頷いていた。そのクロムが私の手を握る。先ほどまでとは違う。指を絡めるいわゆる恋人繋ぎだ。

「えっ……」

突然すぎて、変な声が出てしまった。クロムを見ると、彼はにっこりと笑っている。

「クロム？」

「いや、考えてみれば、最近なかなかふたりきりにはなれなかったなと思って。今の状況、ちょっとしたデート気分にならないか？」

「ならないわね⁉」

どうしてこの状況下で『デート』などという言葉が出てくるのか。

「私たち、今、自力で精霊世界から脱出しなきゃって時なのよ？」

驚きつつも告げる。だがクロムは平然と言った。

「それは分かっている。でも別に危機的状況というわけでもないし、ふたりで花畑でも散歩している気分になってきて」

「花畑って……」

精霊世界の不思議な光景を花畑と言ってのける神経がすごい。いや、綺麗という意味では同じかもしれないけど……いや、やっぱり違うな。

「クロムって時々ずれたこと言うわよね」

「そうか？」

「そうよ」

キョトンとするクロムに緊張の色は全く見えない。この状況を普通に楽しんでいるようだ。

神経が図太いというか、肝が据わっているというか……いや、こういう状況下でも楽しめるというのは一種の才能のような気がしてきた。

「……こういう人だから、私の婿になるって言ってくれたのかもしれないわね」

「なんの話だ？」

クロムが不思議そうに聞いてくる。私は彼の手を握り返しながら言った。

「――女帝の婿、なんて面倒極まりない、厄介事の塊のような立場、引き受けてくれるのはクロムだけって言いたかっただけよ」

「いや、君の婿にならいくらでもなりたがる者はいるだろう」

「婿、というより実質的な皇帝になりたいと考える者ならいたわね」

過去の見合いを思い出し、冷たく告げる。

私の見合い相手たちは皆、揃いも揃って、結婚すれば自分が実質的な皇帝として権力を振るえると考える愚か者ばかりだったのだ。

私と結婚し、権力を奪い、自らが国のトップに立つ。そんな夢物語を本気で考えるような馬鹿くらいしか、私と結婚しようなんて思わなかった。

「私、ずっとメイルラーンには馬鹿な男しかいないと思っていたけど、そもそもまともな男が私のような女と見合いをしようと考えるはずがなかったのよね。そう考えれば、今までの見合いに来た男たちが全員『あんな感じ』だったのは当然だわ」

まともな人が、私と結婚したいなんて野望を抱くはずがないのだ。

女帝の婿なんて苦労するのが目に見えている立場を、自分の道は自分で切り開くことができる賢い男が選ぶはずがない。例外はクロムだけだ。

「ほんっと私って、クロムに出会えてラッキーだったのね」

しみじみと告げる。クロムは目を瞬かせ、少し考えたあと私に言った。

「いや、ラッキーなのは俺だと思うぞ。何せ、好きで堪《たま》らない女性と結婚できるのだから」

「っ……」

優しく目を細められ、ボッと頬が熱くなる。

クロムは私を引き寄せ、耳元で囁《ささや》いた。

「愛している、ディアナ。だからそんな皆が皆、権力目的だったみたいな悲しいことを言わないでくれ。少なくとも俺は違うし、きっと過去の見合い相手たちも皆、君という人を知れば、そんなことは思わなくなったはずだと確信できるから」

「クロム」

「とはいえ、今更君を他の誰かに譲る気はないが」

ニヤリと悪い顔で笑われ、ドキッとした。こうやって私をときめかせてくるのだ。クロムという人は。

私は顔を真っ赤にしつつも彼に言った。

「……私だって、あなたのことを誰かに譲る気なんてないんだから」

でなければ、今、ここにはいない。

そう告げると彼は少し屈み、私に口づけてきた。

「ク、クロム⁉」

「いや、君が可愛いなと思ったら我慢できなくて」

「っ！」

ますます顔が赤くなる。このままでは私から湯気が出てくるのではないだろうか。

すっかりクロムは甘々で、最近ではあまりなかった恋人モード全開だ。

久々に恋人らしい感じで嬉しいけれど、少しだけ恥ずかしい。

「ク、クロム……あの、ね――」

『別にいいんですけど、私がいることを忘れていませんか？』

「ひえっ！」

もう少し手加減して欲しいと頼もうとしたところで、後ろから声がかかった。呆れたような声はフェリのものだ。

「フェ、フェリ」

そろりと後ろを向く。狼姿のフェリがじっと私を見ていた。

「あ、あの……」

『婚約者同士ですし私は一向に構わないんですけど、あとで恥ずかしくなって困るのは姫様ではありませんか？』

至極尤《もっと》もなことを言われ、私は慌ててクロムから離れた。

確かに。あとで気づいて羞恥で悶《もだ》え死ぬよりは今、声をかけられた方がマシ……でもないな。

「遅いわよ！」

気を回してくれるのなら、もっと早いタイミングでも良かったのではないか。そういう気持ちを込めて叫んだのだが、返ってきた答えは身も蓋もないものだった。

『多少はイチャイチャさせておかないと、お礼どころか恨まれると思いまして』

「う、恨まれるって」

『違いましたか？　学園ではあまりイチャつけていないのではと思ったのですが。婚約者とイチャつけず、ストレスが溜まっているだろうと気を利かせて、ここまで待って差し上げたのに』

「……」

フェリの鋭すぎる指摘に黙り込んだ。

学園では周囲の目もあり、なかなかそういう機会がないのだ。暮らしている場所だって別だし。

今のように危険がほぼない状況でふたりきり、というのは滅多になく、早々に邪魔をされていれば怒っていた可能性は十分すぎるほどあった。

「……」

『私は何か間違ったことをしましたか？』

「……」

『姫様』

じっと見据えられ、私は両手を上げて降参した。

「分かったわよ。私が悪かったわ！　気を遣ってくれてありがとう‼」

やけくそで叫ぶ。クロムが隣でクックッと笑っているのが恥ずかしい。

恥ずかしさのあまり涙目になる。

フェリを睨むと彼女はしれっとした顔で『分かれば良いのです』とどちらの方が主人なのか分からない発言をした。

◇◇◇

「……結構遠いわね」

精霊に案内を頼んで、かれこれ三時間ほどが経っただろうか。

時折イチャイチャしたり、フェリに揶揄われたりしながらもそれなりに楽しく精霊世界を歩いていた私たちではあったが、ずっと歩き通しでさすがに疲れてきた。

精霊の言う湖まではかなり距離があるようだ。一向に、目的地に辿り着かない。

「ねえ、まだなの？」

そろそろ着いて欲しいという気持ちで尋ねる。先導していた精霊が振り向き、私たちに言った。

『えっとね、あと半分くらいよ。もう少し頑張ってね』

「え、まだ半分もあるの⁉」

予想以上の距離にギョッと目を見開いた。精霊の口振りではそんなに遠くなさそうだったのに、とんだ誤算である。

「……どうりで湖の影も形も見えないと思った」

話を聞いたクロムが苦笑する。

私も頷いた。

「本当にね。勝手に近いと思い込んでいた私たちが悪いんだけど、それでもあと三時間歩くのは結構キツイわ……」

無理ではないが、うんざりする距離ではある。

とはいえ、止めるという選択肢はない。私たちは自力でこの世界から脱出（正確には脱出方法を見つける）しなければならないのだから、なんらかの話を知っている可能性がある精霊にはどうしたって会わなければならないのだ。

「先が遠い……」

我が儘だとは分かっているが、どうしたってため息が出てしまう。足が重くなるなと思っていると、前を飛んでいた精霊がピタリと動きを止めた。

「ん？　どうしたの？」

『……アイツ、またいるわ』

「あいつ？」

なんのことだと精霊を見る。彼女は少し先にある岩場を指さした。

『あそこ。あの岩の上に炎の精霊がいるの。見えるでしょ？』

「炎の精霊……？　あ、本当だわ。あの彼のことよね？」

距離があるので見えづらいが、それでも岩の上にオレンジ色の体色をした小さな精霊がひとり座っているのが見えた。

炎の精霊と言う通り、髪もオレンジに近い赤色で、逆立って揺らめいている。

「炎の精霊ってあんな感じなんだ」

精霊といえば、フェリか師匠の契約精霊である風の上級精霊ジンしか見たことがないので、新鮮だ。

物珍しさで見つめていると、私たちを案内していた精霊が嫌そうに言った。

『アイツ、ほんっと駄目な精霊なのよ。能力値は高いみたいだけど、自分の能力を全然制御できないの。そのせいで、もう何度も仲間の精霊を燃やしてる。皆の嫌われ者なのよ』

「……嫌われ者」

『当たり前でしょ。わざとではなくても仲間を燃やしているのよ？　そんなのと仲良くできるわけないじゃない。だからアイツ、他の炎の精霊たちから離れてあの岩場でひとり暮らしているの』

「そう、なんだ……」

『自業自得よね。私も前に一度声をかけたんだけど、もう少しで燃やされるところだったわ。氷の精霊に炎なんて最悪。絶対に近づきたくない！』

「……」

プンプンと怒る精霊だったが、私はなんとなくあのひとりでぽつんと岩の上に座っている精霊が気になった。

「クロム」

声をかけ、彼を見る。クロムは無言で炎の精霊を見つめていた。

「……行ってみる？」

あまりにも真剣に見ていたので、告げる。クロムはハッとしたように私を見た。

「いいのか？」

「もちろん。なんとなくだけど私も気になるし、このままスルーするっていうのはできれば止めたいって思うわ」

「そうだな。行ってみよう」

「ええ」

『冗談でしょ！』

クロムと頷き合ったところで、悲鳴のような声が上がった。

私たちを案内してくれていた精霊が信じられないものを見るような目でこちらを見ている。

「えっと……」

『あの炎の精霊のところへ行く？　止めてよね。私は二度とアイツと関わりたくないの。どうしても行くって言うのなら、もう案内はしないわ！』

「えっ……」

『それが嫌なら、アイツのことは無視して。いいわね？』

ものすごい形相で詰め寄られた。

チラリとクロムを見る。彼は困ったような顔をしていたが、その視線は確かに炎の精霊の方を向いていた。それを確認し、私は彼女に言った。

「……分かったわ。我が儘は言えないものね。ここまでありがとう。私たちはあの炎の精霊のところへ行くから、あなたとはここでお別れね」

『へ……？』

「だってあなたは、彼と関わりたくないのでしょう？　さっきそう言ってたじゃない」

『それはそう……だけど。嘘。本当にアイツのところへ行く気？』

正気を疑うという顔をされてしまったが、私は苦笑しつつも頷いた。

「ええ。私もクロムも彼のことが気になるから。このまま無視はできないわ。……そうよね、クロム」

「ああ、そうだな」

私の言葉に、クロムが頷く。彼は精霊に向かって頭を下げた。

「すまない。君の協力には本当に感謝している」

『……』

呆然と精霊が私たちを見つめている。そんな彼女に私も言った。

「私もよ。ここまで案内してくれてありがとう」

笑みを浮かべ、最大限に感謝を示す。

この精霊は、私たちのためにわざわざここまで付き合ってくれたのだ。それを途中でもう要らないと言うのだから、せめて誠意ある態度を貫きたかった。

精霊が泣きそうな顔をする。唇を噛みしめ、ふるふると身体を震わせたあと、大声で叫んだ。

『それなら勝手にすればいいじゃない！　私、知らないんだからね！』

叫んだ次の瞬間には、姿が消える。

あっという間の出来事だった。

「……」

『良かったんですか、姫様。せっかくの案内人を手放してしまって』

それまで私たちのやりとりを黙って見ていたフェリが、若干ではあるが呆れた口調で言う。私は頷き彼女に言った。

「良くはないけど、仕方ないじゃない。私もクロムも気になるんだもの。ね、クロム」

「ああ。彼女には申し訳ないことをしてしまったが、あの炎の精霊を無視したくないと思ったんだ」

「私も。だから仕方ないわ」

『脱出のヒントをなくしたわけですが、それは？』

痛いところを突いてくる。だが後悔はないのでサバサバと告げた。

「またどこかで見つかるでしょ。ヒントを知っているのは彼女だけってわけでもないだろうし、なんとかなると思うの」

『……姫様らしいといえば、らしいですけど。ま、私は見守れと言われただけなので、口は挟みませんよ』

「散々挟んでいる気がするのは気のせいかしら」

『気のせいですね』

そんなわけないだろうと思ったが、それ以上は言わないことにする。代わりにクロムに声をかけた。

「クロム、あの精霊のところへ行ってみましょう」

「ああ」

炎の精霊がいる岩に向かって進む。

私たちが近づいてくることに気づけば逃げられてしまうかもと危惧していたが、幸いにもそうはならなかった。

確実に私たちに気づいているだろうに彼は一歩も動かず、岩の上でただ虚空を見つめていたのだ。

その様が酷く孤独に見えて悲しい。

炎の色をした髪もなんだか元気がないように見えた。

「こんにちは」

敵意がないことを示すために、できるだけ柔らかい声で話しかける。あまり近づきすぎても嫌がられるだろうと思い、少し距離も取った。

友好的な態度を心がける。

「えっと、初めまして。私はディアナ、彼はクロムっていうんだけど、あなたは炎の精霊……で、合っているわよね？」

人間でも精霊でも挨拶は基本だろう。そう思いながら話しかけると、ぼんやりとしていた目がこちらを向く。

――わ。

赤い宝石が嵌《は》まったような目には、炎が浮かんでいた。まさに炎の精霊と言うべき姿だ。

「えっと、私――」

『人間がこのようなところに何用だ。後ろに連れている上級精霊を連れて今すぐ立ち去れ』

告げられた言葉は容赦ないものだった。だが、それで心が折れるようなら、最初からここに来ていない。

「私たち、あなたのことが気になって、来てみたんだけど」

『興味本位で我に近づこうとするな。燃やされたいわけではないだろう』

「そりゃ、違うけど。でも、あなたのことが知りたいなって」

正直に告げるも、彼は嫌そうな顔をした。

『我は自分の力の制御が上手くできない。今は大丈夫でも、話しているうちに気づけば身体が燃えていた……なんて可能性もあるぞ。何もないうちに去れ』

追い払うような仕草をする精霊を見つめる。

その態度を見て、気がついた。

別に彼は意地悪や脅しで私たちを追い払おうとしているわけではないのだ。私たちに危害が及ぶ可能性を考えて、そうしたくないから離れろと言ってくれている。

彼がここにひとりでいるのも、皆を傷つけたくないからなのだろう。そう考えると、この精霊がとても優しい性格をしているのだと理解できたし、その彼を傷つけることはしたくないと思った。

――ここから離れるのが正解かしら。

危険だから離れろと言ってくれているのにいつまでも留まっていれば、かえって彼に迷惑がかかるのではないか。

今は平気でも、彼が言うように、いつ身体が燃え始めるとも限らない。

それを問題ないとはさすがに言えないので、さっさと離れるのが、誰のためにもいいのかもしれないと思った。

「クロム――」

離れた方がいい。そう言おうとしたが、それより先にクロムが言った。

「力の制御ができないのなら、何故それを克服しようとしない。精霊は長生きだと聞いている。それこそ人間とは比べ物にならないほど長寿なのだと。それほどの寿命を持つなら、努力さえすれば、いつか力の制御もできるようになるのではないか？」

実にクロムらしい言い分だ。

しかも彼自身が努力を厭《いと》わないタイプだから、言葉には真実味があり力が籠もっている。

時間があるのだから燻《くすぶ》っていないで努力しろと告げる彼に、炎の精霊がカッと目を見開き、叫んだ。

『努力しろ⁉　我のことを何も知らないくせに、そんな暴言を吐くのか！　我だってこれまで様々な努力を重ねてきた。当たり前だろう。誰が仲間を燃やしたいと思うものか。だが、どうしたって上手くいかない……！　こうなれば、皆から離れ、ひとりになるしか方法がないのだ！』

「それは単なる努力不足ではないのか？　失敗したのなら、どうして失敗したのか考えて、何度でもチャレンジする。それが当然だと思うが、君はそれをしたのか」

『当然だ！』

「それは、今もか？」

『当たり前だろう！　我は諦めたりなどしない！』

精霊が叫ぶ。呼応するように、クロムの前に炎の柱が燃え上がった。

精霊がハッとした顔をしたことで、わざとではないことが分かった。制御できないというのはこういうことなのだろう。

「クロム！」

慌てて名前を呼ぶも、クロムは落ち着いたものだ。己の拳に魔力を纏わせると炎の柱に向かって、鋭いパンチを繰り出した。

「ふっ！」

相殺するかのように炎の柱が消える。

「大丈夫だ、ディアナ」

「大丈夫って……」

「炎なら消せばいい。それだけの話だろう？」

それだけと言うが、決して簡単にできることではない。少なくとも私にクロムと同じ芸当はできないだろう。

私ならフェリを呼んで、氷で相殺してもらうという方法を取ると思う。

『お前……』

炎を消したクロムを炎の精霊が愕然《がくぜん》と見つめている。己の炎を簡単に消されたことに驚いたのだろう。

だが、次の瞬間には、カッと目を見開き、クロムに飛びかかってきた。

「えっ……」

『よくも我の炎を……！』

「そっちなの⁉」

そこは普通、己の炎に巻き込まれずに済んだことを喜ぶべき場面ではないのか。

しかも聞くところによると、彼は今まで数多の仲間たちを誤って燃やしてしまったという。

同じような事故を防げたのは喜ぶべきことのはずなのに、何故か炎の精霊は怒り心頭に発するという感じで、クロムに攻撃を始めた。

『我の炎を大したことないものみたいに扱いおって……！』

精霊の周囲に火の玉がいくつも出現する。火の玉はどれも両手で抱えられるほどの大きさがあった。

「クロム！」

燃えさかる火の玉がクロムに飛んでいく。

あまりに突然のことで対応できず、ただ見ているだけだったが、そこでようやく我に返った。

「大丈夫だ。ディアナ、君は手を出さないでくれ」

「手を出すなって……でも」

「この精霊の攻撃程度、俺には効かない。心配する必要はないから」

軽く笑いながら、炎の精霊の攻撃を避けるクロム。彼の言動に炎の精霊はますます怒り狂った。

『我の攻撃が効かないだと？　本当に効かないかその身で確かめてみるがいい！』

出現する火の玉が一回り大きくなった。だけどクロムは動じない。軽いステップで避け、当たりそうなものは魔力を纏わせたパンチで相殺し、消し去っていた。

人間ではなく精霊相手だというのに、全く押し負けていない。むしろクロムの方が能力的には上回っているのではないだろうか。

激しい炎の精霊の攻撃をものともしないどころか、未だ無傷なのがその証拠である。

「さすがクロムだわ」

『姫様。姫様は少し下がっていた方が宜しいかと』

見惚れていると、フェリが冷静な口調で告げた。

『炎が姫様に飛び火すると困りますから』

「そうね」

フェリに言われた通り、戦いの邪魔にならない場所へと移動する。

そこに火の粉が飛んできた。これくらいならと魔法を使おうとすると、フェリがさっと前に出て、息を吹き出した。その口腔《こうこう》から真冬もびっくりの冷気が吐き出される。

私に向かってきていた火の粉が、あっという間に氷に変わった。

『私の姫様を傷つけようとは百年早い』

「フェリ」

ひんやりとした声で告げるフェリを見つめる。

手伝っては駄目なのではなかったのか。だが彼女はツンとそっぽを向きながらも言った。

『姫様に害が及んだ場合は当然私が処理します。これは契約精霊としての権利。当たり前でしょう』

「そ、そうなんだ」

『姫様には指一本触れさせません』

「……ええ、お願いね」

フッと笑みが漏《も》れる。何もしないと言っていたくせに、私に危機が迫ると真っ先に前に出てくるのがフェリらしくて嬉しかったのだ。

クロムと炎の精霊は、未だ戦いを繰り広げている。炎の精霊の攻撃がクロムに当たることはないが、炎の精霊は小さい。そのせいで、クロムの攻撃も上手く当たらないようだった。精霊の方も己の小ささを利用して器用に避けている。

「……」

『……』

互いに決定打がない状況が続く中、ふたりが睨み合う。しばらく互いの様子を窺っていたようだが、まずはクロムが構えを解いた。

「ふっ……」

楽しげに笑い、クロムが炎の精霊に手を差し出す。

「いい攻撃だった。久々に全力で戦えて楽しかった」

クロムの邪気のない言葉に、炎の精霊が驚いたように目を見開く。差し出された手を見つめ、次に笑い出した。

『ははっ……ははは……！　楽しかった……か』

「制御が利かないとのことだが、狙いは正確だったように思う。避けるのには骨が折れた」

『全部躱《かわ》しておきながら言う言葉か。……ああ、でも、久々に目一杯魔力を使って、すっきりした心地だ……』

「良い戦いだった」

『……ああ！　そうだな』

がっしりと握手を交わすふたり。満たされたような顔をする炎の精霊だが、その顔はクロムが全力で戦った時に見せるものとよく似ていた。

その顔を見て思う。

――もしかしなくても、この炎の精霊って、バトルジャンキーだったりする？

戦ってストレスを発散するタイプ。だとすると、完全にクロムと同類である。

『鬱屈していた気分が久々に前向きになった心地だ。本当に、久々に自分の炎のことを気にせずに戦うことができた。無自覚の攻撃で相手を傷つけるなど言語道断だからな。だが、お前は我の攻撃を全て躱してみせた。我の制御しきれなかった炎までも己の力で相殺し、この程度なんでもないのだと示してみせた。実に素晴らしい』

賞賛する炎の精霊だが、言っていることが私と手合わせしていた時のクロムと変わらないように思うのは気のせいだろうか。

褒められたクロムは悪い気がしないようで、素直に喜んでいた。

炎の精霊がクロムに言う。

『戦士よ。お前の名前を教えてくれ』

さっき私がクロムの名前を教えたことはすっかり忘れているようだ。

まあ良いけどと思いながら見ていると、クロムは頷き、自らの名を名乗った。

「クロム・サウィンだ」

『クロム・サウィン……人間だから、クロムだな。クロム、我はリーリア。炎の精霊リーリアという』

「リーリア、良い名前だ。だが、俺に名乗って良かったのか？」

『お前にになら名乗る価値がある』

その言葉を聞き、クロムが笑顔になる。精霊自らに名を開示されたことが嬉しかったのだろう。

精霊は人間と違い、余程のことがない限り名乗らないのだ。特に契約していない精霊が自分から名乗ることは珍しく、今のは炎の精霊――リーリアが如何《いか》にクロムに心を許したかよく分かる証《あかし》だった。

先ほど私たちを案内してくれた氷の精霊だって名乗ることはしなかったのに。

「……大丈夫そうね」

すっかり仲良くなった様子のふたりを見てホッとする。警戒状態だったフェリも、これは大丈夫だと判断したのか、いつの間にか私の後ろに下がっていた。

面白くなさそうに毛繕いを始めている。

『クロム』

リーリアがクロムを見つめ、その名前を呼んだ。

「どうした？」

『いや……』

リーリアが何故か笑い、周囲を見回した。

彼の周囲では時折『ボンッ』という音がしている。無自覚に出した炎が弾《はじ》けているのだ。

その火の粉はクロムの方にも行くが、彼は全く気にせず、当たり前のように対処していた。

それを見て、嬉しそうな顔をしたあと、リーリアは言った。

『お前、我と契約しないか』

「え……」

クロムが大きく目を見開く。

『今まで、お前のような剛の者に出会ったことはなかった。我の炎を気にせず、我の全力を受け止めることができる者。お前なら、我が力を制御できなくても傷つくことを案じなくていい。……クロム、我はお前についていきたいのだ』

「……」

『もちろん力を制御できるよう努力は続ける。だが、正直ひとりにも飽きた。頼む、クロム。我と契約してくれ。我の契約主になれるのはお前しかいない……！』

「……すごい展開だわ」

まさかの精霊側からの契約の申し入れに心底驚いた。

精霊契約というのは、普通、人間側から申し出るものなのだ。精霊側からというのは殆どない。

何せ、精霊という存在は自由なので、わざわざ自分から縛られたいとは思わないのだ。

だから人間は対価を払う。これなら縛られてもいいと精霊が納得できるものを支払い、精霊契約はようやく成立する。

精霊契約とはそういうものなのである。

フェリだって、人間側から契約を申し出て、契約精霊となってもらったのだ。それは師匠の契約している風の上級精霊ジンも同じ。

精霊側からなんて、ないと断言してもいいくらいにあり得ないことなのだ。

それなのに、私が今日にしているのは、精霊側がどうしても契約して欲しいのだと人間に――クロムに縋《すが》っているというもの。

『頼む、クロム。我と契約を。対価など要らん。我はお前と共に在りたい。それだけが望みだ』

「……わあ。クロム、モテモテね」

驚きと呆れを込めて呟くと、フェリがとてもくだらないことを言ってきた。

『本当ですね。姫様、ヤキモチはお焼きにならないので？』

「焼かないわよ。精霊契約がどういうものかも知っているし、それになんか、鍛錬仲間を見つけた……みたいなノリなんだもの」

『確かにそれはそうですね』

私の言葉に、フェリが微妙な顔で同意する。

『少し前、鍛錬しないかと姫様に纏わりついていたクロム様を思い出すようです』

「私もちょっと思ったから言わないでよ……」

フーヴァル学園にいた時のことを持ち出され、苦い顔になった。

最初、クロムは私にやたらと『鍛錬しよう』と誘いをかけてきていたのだ。私が戦えることを知った鍛錬好きのクロムが喜んでの行動だったのだけど、実はあとで聞いたところ、それは彼なりのお誘いだったらしい。

だが、誰が分かるというのか。当時の繊細な私は『私はあなたの戦友じゃない！　恋愛関係になりたいの！』とわりとがっつりメンタルを削られていた。

その時のことを思い出せば、なんともしょっぱい気持ちになる。

ため息を吐いていると、リーリアに絆《ほだ》されたのか、クロムが精霊契約に頷いていた。

「精霊契約か……。より己を高めるためにもいいかもしれないな」

『本当かっ！』

己を高める方法として受け入れるという辺りが実にクロムらしいが、リーリアは嬉しそうだった。

クロムが私を見る。

「ディアナ」

「何？」

「一応聞きたいんだが、俺が精霊契約をしても問題はないな？　君はフェリと契約しているから、よければ話を聞きたくて」

猪突《ちょとつ》猛進のように見えて、こういうところは慎重だ。でも、何も考えず契約してしまうより、聞くという選択をしたクロムは悪くない。

「ないわよ。精霊契約なんて個人の自由だもの。特にあなたの場合は、精霊側からどうしてもってお願いされているんだもの。堂々と契約すればいいと思うわ」

「そうか」

「マイナスになりそうな条件があるなら止めておけって言うけど、その精霊の望みはあなたの側で自らを鍛えたい的なことみたいだし、何も問題ないでしょ」

それにもし何かあれば、その時はフェリがなんとかしてくれるだろうし。

クロムは私の夫になる人なのだ。

フェリは代々のメイルラーン皇帝と契約しているので、メイルラーン皇族には優しい。

結婚したあとなら、クロムのことも気にかけてくれるだろう。すでに今でも、私の婚約者として多少は目をかけてくれているみたいだし。

そんなことを考えながら答えると、クロムは「分かった」と頷いた。

「ディアナが反対でないなら、構わない。リーリア、契約をしよう」

『っ！　あ、あああっ！』

リーリアが感に堪えないという顔で頷く。

余程クロムと契約できることが嬉しいらしい。

クロムの前にリーリアが飛んでくる。翼はなくても精霊は皆、飛翔することができるのだ。

『我の名はリーリア。炎の精霊なり』

リーリアが改めて名前を名乗る。リーリアとクロムを囲むように魔法陣が出現した。

精霊契約の魔法陣だ。これは精霊側からしか出せない仕組みで、そういう意味でも人間側から無理やり契約できないようになっている。

魔法陣は金色に輝いており、光が宙に向かって伸びている。その中でリーリアが告げた。

『契約主、汝《なんじ》の名を告げよ』

「クロム・サウィン」

厳かな空気の中、クロムは一切動じることなく、己の名前を口にした。

その瞬間、宙に向かって伸びていた光が弾け、魔法陣が消える。

契約が完了した証だった。

契約の魔法陣の中で、互いの名前を己の意思で告げる。それが精霊契約なのだ。

「おめでとう、クロム。まさか精霊世界に迷い込んで、契約精霊をゲットするなんて思わなかったわ」

全てを見届け、駆け寄ると、クロムはホッとした顔をしていた。

「今ので良かったのか？」

「ええ。契約は完了しているわ。そこの炎の精霊リーリアはあなたの契約精霊になっている」

「そう……か。あまり実感はないが」

己の両手を見つめ、不思議そうに首を傾げるクロム。そんな彼に言った。

「あ、でも、精霊と契約すると、ものすごく魔力を持っていかれるからそれだけは気をつけて」

『姫様。それは私が上級精霊だからです。下級精霊程度ではあまり影響はないかと』

黙っていたフェリが口を挟んできた。

「そうなの？　じゃあ、クロム。あまり魔力に影響はない？　私の時って、契約した途端、いきなり魔力の殆どを持っていかれた感じだったんだけど」

「そう、だな。あまり変化はないように思う」

「それなら良かったわ。私、慣れるまで本当に大変だったから。それにアインクライネート魔法学園は魔法について学ぶ学園だもの。精霊契約で魔力を根こそぎ持っていかれたら、ちょっと色々厳しかったかもしれないし」

アインクライネート魔法学園では、魔法で戦ったりはしないが、魔法を使うことは多いのだ。使える魔力は多いに越したことはない。

そういう意味でも、クロムが契約した精霊が下級精霊で良かったなと思った。

クロムも私の話を聞き「確かに」と同意した。

「いきなり使える魔力量が変わったりするのは困るから、変化がないのは有り難いな。……ん？　リーリア、どうした？」

『……』

「……私？」

何故かリーリアが私をじっと見つめていた。不審な者を見るような目だ。

「えっと……」

『お前は主《あるじ》のなんだ』

ずずいっと私の目の前に小さな精霊が飛んできた。機嫌が悪いのか、周囲に制御しきれていない炎がポンポン出てきている。それをフェリが丁寧にひとつずつ消していった。

『全く。私の姫様に怪我をさせたら許しませんよ』

ジロリとフェリに睨まれたリーリアが怯《ひる》む。大きな狼――しかも氷の上級精霊に睨まれるのは恐ろしいのだろう。だがリーリアは果敢にも言った。

『上級精霊に喧嘩を売る気はない！　だが、その女が何者かは聞いておく必要があるだろう！』

『私の契約主というだけで十分では？』

『我の主と関わり合いがあるのなら、聞いておかねばならん。汝、何者だ』

「何者って、最初に自己紹介したと思うんだけど。私はディア――」

再度自己紹介しようとしたが、最後まで言う前にクロムに肩を引き寄せられた。

「ディアナ・メイルラーン。俺の婚約者だ。リーリア、彼女のことは丁重に扱え。いいな？」

「クロム……」

「いくら契約精霊でも、君を粗雑に扱うのは許せない。こういうことは最初にきちんと話しておいた方がいいんだ」

きっぱりと告げるクロムの表情に迷いはない。

リーリアもパチパチと目を瞬かせ『そ、そうか』とだけ言った。

気を取り直したのか、再度私の目の前に来る。

『主の婚約者だな。分かった。気に留めておこう』

「ディアナの扱いには気をつけろ」

『主がそう言うのなら従う。……それにその女、強者の匂いがする。……ふうん。悪くない』

フンフンと鼻を動かしながらリーリアが告げる。何故かクロムが胸を張った。

「その通りだ。ディアナは強い。俺は彼女の強さに惚れ込んでいるんだ」

『主が認める強者……。ディアナとやら、是非今度我とも戦ってもらいたい！』

「え」

『主が認めたのなら、我の炎程度ものともしないだろう。ああ、主に契約を持ちかけて本当に良かった。ひとりではなく強者と共に在り、切磋琢磨《せっさたくま》することができる。なんて幸せなんだ……！』

うっとりとするリーリアだが、私の顔は引き攣《つ》っていた。

だって、だって。

「やだ、本当にクロムと同じタイプじゃない……」

同じ、完全に同じだ。

相手が強いと見るや否や手合わせを持ちかけてくるところとか、強者に対し、目を輝かせてくるところなど、そっくりすぎる。

——そりゃ、クロムと契約したがるわよね。

初めて会った同種タイプのクロムという存在に、きっとリーリアは嬉しくなったのだ。

それはよく分かったが、私まで目をつけられては堪らない。

戦うのが嫌だとは言わないが、鍛錬尽くしの日々は、正直もう二度とごめんなのだ。

だからできるだけしおらしくし、リーリアに言う。

「ごめんなさい。きっと私ではあなたを満足させられないと思うわ。だから戦いたいならクロムにお願いするのがいいと思うの」

『そう、なのか？』

「ええ。あなたの期待に応えられなくて申し訳ないけど」

全く私らしくないが、今後の自分を考えれば、これくらい安いものだ。どうにかこれで私を巻き込むのは諦めて欲しい。

だが、神は残酷だ。

リーリアが諦めかけてくれたその時、クロムが実に要らないことを言ってくれた。

「何を言うんだ。俺はディアナほど強く美しい女性を知らない。最初、君に投げ飛ばされた時のことは今でも鮮明に思い出せるぞ。本当に見事だった。そんな君がリーリアを満足させられない？そんなことあるはずがない！」

「クロム！」

どうして余計なことを言ってくれるのか。

強く美しい女性と言われたこと自体は嬉しいが、それは今聞きたい言葉ではない。

ハッとし、リーリアを見る。彼は小さな身体を喜びに震わせていた。

『やはり主の婚約者は強者！　是非、我と戦ってくれ！』

「……」

絶句する。最悪だ。どうしたって私は、この流れに抗《あらが》えない運命なのだろうか。

クロムが「リーリアにもディアナの強さを知って欲しい」などと非常に余計なことを言うのを聞

きながら項垂れる。

そんな私にフェリが『ご愁傷様です、姫様』と告げたが、その声は全く労《いたわ》っているように聞こえなかった。

◇◇◇

『それで？　主たちはどうして精霊世界に来たのだ？　普通、人間はこちらの世界にはやってこないものと思ったが』

一悶着あったあと、ふとリーリアがそう言った。

リーリアの疑問にクロムが答える。

「俺たちがこの世界に来たのは偶然だ。今は、帰り道を探しているところなんだが」

『帰り道？　つまり主たちは人間世界に戻りたいのか？』

「ああ。リーリアは何か知らないか。情報を知っている精霊を紹介してくれるのでも構わないんだが」

最初、氷の精霊が紹介してくれようとした、人間世界へのルートを知っているという精霊。

その精霊のことをもしリーリアが知っているのならラッキーだ。クロムはそう考えたのだろう。

私もリーリアがなんらかの情報を持っていてくれればいいなと期待し、彼を見た。

リーリアが腕を組み、考え込むように言う。

『情報を知っている精霊は分からない。何せ我は皆から遠ざけられていたから。知り合いと呼べるほどの知り合いはいないないな』

「そうか」

クロムが気まずげな顔をする。そういえばリーリアは他の精霊たちから嫌われていたのだ。力が制御できないという理由だから仕方ないとは思うが、それを口にさせてしまったことにクロムは申し訳なさそうだったし、私も少し気まずかった。

だが、当の本人であるリーリアは気にした様子もなく、淡々と告げた。

『精霊は紹介できない。だが、人間世界へのルートなら我が知っているぞ』

「そう。残念って——え？」

「え？」

クロムと「え」の声が被《かぶ》った。

リーリアを見る。彼は首を傾げ、不思議そうに言った。

『だから人間世界へのルートだろう？　それなら知っている。人間世界に行くには、とある洞窟を使うのだ。そこを潜り抜ければ人間世界へ辿り着く。ただ、洞窟には一筋縄ではいかない魔物が生息しているからその隙を突かなければならないが、まあ上級精霊がいるのなら大丈夫だろう』

「ちょ、ちょ、ちょっと待って⁉」

突如与えられた情報に混乱した。リーリアはキョトンとしている。

『うん？』

「うん？　じゃなくて。え、あなた、人間世界への行き方を知っていたの？」

『ああ。この場所に腰を据える前は、数日単位でねぐらを変えていたから。その洞窟には偶然行き着いただけなのだが、棲み着いていた魔物にもう少しで殺されるところだった』

あっはっはと笑うリーリアだが、全くもって笑い事ではない。

クロムですら唖然としてリーリアを見ている。

『そこの魔物がとにかく強くて。いつか機会があれば再戦したいと思っていた。アレならうっかり燃やしたところで心は痛まないしな。そうだ、主。人間世界に戻るというのなら、一緒にアレと戦えるな！　主となら なんとか一泡吹かせることも可能かもしれん！』

俄然《がぜん》やる気になるリーリア。

私はあんぐりと口を開いて、彼を見た。

フェリがのんびりとした口調で言う。

『おや、こんなところに道を知る者がいるとは。幸運でしたね、姫様』

「幸運って……」

どういう意味で言っているのかとフェリを見る。

『精霊って基本人間に興味がないので、知らない者の方が多いんですよ。だからもっと時間がかかるだろうと思っていたのに、いきなり大当たりを引き当てるのですからびっくりです』

「……知っている精霊が殆どいないって辺りに、師匠たちとあなたの悪意を感じるわ」

実に意地の悪い試練だ。どうしたって恨みがましい声が出る。

ジトッとした目でフェリを見ると、彼女はツンとした声で言った。

『私は関係ありません。決めたのは陛下であり、ガイウス様なので』

「……そう。でもとにかくこれで、方法が見つかったってことよね」

父と師匠の出してきた条件は『帰り方を見つけること』であり、自力で帰ってくることではない。

つまり、その魔物とやらと戦う必要はないのだ。

リーリアによれば、洞窟に棲み着く魔物は相当強いらしいので、戦わずに済んだのは朗報と言えよう。

いや、師匠が戦わなくていいと言ったのだ。多分、今の私では勝てない強さなのだろう。

そういう見極めは上手い人だ。可能性はある。

だがそんな私の思惑を余所に、強い魔物がいると聞いたクロムは、俄然やる気を出していた。

「そんなに強い魔物がいるのか。それは是非戦ってみたいな！」

『そうだろう。主ならきっとそう言ってくれると思っていた！　いざとなればそこの上級精霊がなんとかしてくれるだろうから、我らは全力であの魔物に向かえばいい』

「その魔物の属性は？　弱点なんかはあるのか？　相手の情報が欲しいところだな……」

ふたり真剣な顔で、戦い方について話し合っている。

戦わなくていいはずなのに、すっかり戦う気満々だ。

「クロム……別にその魔物とは戦わなくてもいいって話、忘れちゃった？」

「いや、覚えているぞ。だが、戦えるのなら戦いたいと思うのが戦士だろう。ディアナ、君なら俺たちの気持ちが分かるのではないか？」

「分からない……分かりたくない……」

頭を抱える。

なんということだろう。

ここに来て、出会った頃の手合わせ馬鹿、戦いのことしか頭にない朴念仁クロムが復活してしまった。

まだクロムに片想いをしていた頃、ひたすら『手合わせをしよう』と誘いをかけられ、悲しくなっていたのを思い出し、乾いた笑いが込み上げる。

「ふふ、ふふふ……そう、そうよね。クロムって本来こういう人だったものね」

別にあの頃のクロムがいなくなったわけではない。ただ、彼が私のために遠慮していただけ。

だから今回のような切っ掛けがあれば、あっという間に舞い戻るのも仕方ないのだ。

『姫様、苦労しますね』

フェリが他人事のように言う。私は頭痛がするなと思いながらクロムに声をかけた。

「あのね、クロム――」

悪いが今回は諦めて欲しい。そう告げようとしたところで、師匠の暢気な声が響いた。

「ハーイ、おめでとー！　無事、条件クリアということで、迎えに来たヨ！」

「師匠！」

空間がぐにゃりと歪み、その隙間から師匠が顔を出す。杖を持った師匠は悠然としていて、私を見つけると笑いながら手を振ってくれた。

「意外と早く帰還方法を見つけたみたいダネ。さすが僕の弟子！　……ん？　その精霊は？」

ヨイショと言いながら、歪んだ空間の隙間から出てくる師匠。その目がリーリアを捉えた。

リーリアの特徴を見て、首を傾げる。

「うーん、彼、炎の精霊カナ？　君たちと行動を共にしているみたいだケド……どういう関係？」

「彼はリーリアです、ガイウス様。炎の精霊で先ほど俺と契約しました」

リーリアと魔物との戦い方について熱く語り合っていたクロムだが、さすがに師匠が来たことで話を中断したらしい。リーリアを連れて、こちらの方にやってきた。

クロムの話を聞いた師匠が「へえ！」と目を輝かせる。

「すごいじゃないカ！　まさか精霊世界で、精霊契約をしてくるなんて思いもしなかったヨ。さすがクロムくん。いやあ、本当にイイね、君。そういう予想を超えてくる男、僕は好きダヨ」

上機嫌でバンバンとクロムの背中を叩く。

気安い様子を見たリーリアが、鼻をヒクヒクと動かしながら私に聞いてきた。

『そいつ、何者だ？　風の上級精霊の匂いがする。契約者か』

「ええ。彼は大召喚士ガイウス・メイルラーン。こっちでは相当な有名人なんだけど、精霊世界ではさすがに知られていないか。彼は私の師匠で叔父。あなたの言う通り、ジンと契約しているわ」

『……ジンと契約した人間がいることは知っている。なるほど。確かにジンの力をもってすれば、精霊世界と人間世界の行き来も容易だろうな』

納得したようにリーリアが頷く。師匠がリーリアに視線を向けた。

「フーン。下級精霊だけど、なかなかいいものを持っているみたいダネ、彼。頑張れば化ける可能性もあるヨ」

「そうなんですか！」

クロムの声が弾んでいる。己の契約精霊が褒められたことが嬉しいのだろう。

師匠はぐるりと皆を見回すと「じゃ、帰ろうカ」と頷いた。

「君たちは無事、僕らの課題をクリアしたわけダシ。まあ、でもごめんネ。まさかこんな事故が起こるなんて思ってなくテ。これは僕のミスかナ～」

ごめんと言いつつ、その声は軽い。

師匠が杖を振る。

ふと気になり、彼に聞いた。

「師匠。クロムは、ドミノ倒しに巻き込まれて精霊世界に落ちたと言っていました。当然、やらかした生徒は誰か分かっているのですよね？」

師匠が見逃すはずないだろう。そう思っての言葉だったが、師匠はしまったという顔をした。

「あー……君たちのことを兄上に伝えなきゃって気が急《せ》いていたから、すっかり忘れてたヨ」

「忘れてたって……じゃあ、誰がクロムを押したのか分からないって言うんですか？」

「仕方ないじゃないカ。あの時押されて倒れたのは他にもいてサ。運悪くクロムくんが落ちたんダヨ。僕も慌ててジンを呼び出して帝城に跳んだからそれ以上は知らなくテ。ごめん～」

「……ごめんじゃないんですよ」

凄まじく軽い謝罪にため息が零れる。

とはいえ、ドミノ倒し状態だったのなら、誰が犯人か分からなくても仕方ないのかもしれないけれど。

──今回のことは運が悪かったと思うしかないのかしら。

このところなかったが、また悪意を持った第三者が動き出したのではと疑っていたから、違うのなら良かったけれど。

「サ、とにかく帰るヨ！　皆、待ちくたびれているだろうからネ」

師匠の声と共に景色が変わっていく。転移魔法を発動させたのだろう。

ジンと契約した師匠は、彼を利用した特別な魔法がいくつも使えるのだ。

「……ようやく帰れるのね」

小さく呟くと、いつの間にか隣に来ていたクロムが私の肩を抱き寄せた。

彼を見る。クロムは愛情に満ちた目で私を見ていた。そんな目を見てしまうと、ま、とりあえず無事だったのだからなんでもいいかと思えてしまう。

「帰ろう」

「ええ、そうね」

クロムの言葉に頷く。

こうして私たちは無事、精霊世界を後にした。

◇◇◇

「ハーイ、皆！　ディアナたちを連れ戻してきたヨ〜」

師匠の明るい声が響く。

気づけば私たちは、学園に戻ってきていた。

師匠の転移魔法は相変わらずすごいなと思いつつ、ホッと息を吐く。よく知る場所に帰ってきたことで、知らず張り詰めていた気持ちが緩んだようだ。

場所は、師匠が鏡を置いていた校庭。時間も殆ど経っていないようだ。向こうとは時の進み方が違うのだろう。生徒たちは誰ひとり、帰っていなかった。

その中から顔を青ざめさせたオスカーが飛んでくる。

「ディアナ、クロム！　ふたりとも無事かい⁉」

心配してくれたのだろう。酷く顔色が悪い。私たちふたりが元気そうなのを見て、長い息を吐き出した。

「良かった……。なかなか戻ってこないから、何かあったのかと。いや、ガイウス様が大丈夫だと仰るのだから何事もないとは思っていたけど」

疲れたように笑い、私たちを見るオスカー。その様子から本気で案じてくれたことが分かり、胸が温かくなった。

「ありがとう。私たちは大丈夫よ」

「ええ。特に怪我もなく、無事戻りました。心配かけて申し訳ありません、殿下」

クロムの表情も柔らかい。

オスカーは嬉しそうに頷き、交互に私たちの手を握った。

「無事、戻ってきてくれて本当に良かったよ。一時はどうなることかと思ったから」

「まあ、僕の弟子たちは優秀だからネ。これくらいのハプニングなら自分たちでどうにかできるヨ。それより皆、クロムくんがすごいゾ～。なんと、精霊世界で炎の精霊と精霊契約を成功させてきたんダ！」

皆に向かって大々的に告げる師匠は、どこか自慢げだ。

「精霊契約なんて、普通でもなかなかできないものだからネ。それをクロムくんは彼らの世界で成し遂げたんダ。これは本当にすごいことダ。ハプニングを乗り越えただけでなく、更なる成果を得て戻ってきたクロムくんに、皆、拍手～！」

「……」

「……」

拍手と師匠は言ったが、拍手する者は誰もいなかった。皆、それどころではなかったからだ。

ただ、クロムを凝視している。

「精霊契約だって？」

「嘘だろう？　向こうのテリトリー内で契約を成功させたのか？」

「そんなことあり得るのか」

「いや、でも、ガイウス様がそんな嘘を吐くはずがないし……」

生徒たちに動揺が広がっていく。そんな中、素直に祝福してくれたのはやはりオスカーだった。

「クロム、君、精霊契約を成功させたのかい？　すごいじゃないか！　友人として誇らしく思うよ！」

本気で喜び、クロムに握手を求める。クロムも素直な賞賛が嬉しかったようで「ありがとうございます」と喜んでいた。

オスカーがキョロキョロと辺りを見回しながら言う。

「それで？　君の契約精霊はどこにいるんだい？」

「あ、本当だ」

いつの間にか、リーリアは姿を消していたのだ。フェリもいないが、それは予想がついていたので驚かない。リーリアはどうしたのかとクロムを見ると、彼は「リーリアには姿を消してもらっている」と言った。

「あいつは、自分の力の制御が上手くない。他の生徒たちに危害を及ぼす可能性があるのに、姿を見せることはできない」

「そう……残念ね」

せっかくだから「彼がクロムの契約精霊よ！」とバーンと自慢したかった。

オスカーも残念そうにしていたが「そういうことなら仕方ないね」と最後には納得したようだ。

「でも、そのうち会えるんだろう？」

「はい。人が大勢いる場所では難しいですが、少人数しかいないところなら大丈夫だと思います。俺が対応できますので」

「そう。じゃあ、その時を楽しみにしているよ。でも本当にすごいな、精霊契約だなんて。これはかなりの加点が期待できるんじゃないのかい？」

ニヤリと笑うオスカーだったが、クロムは「さあ、どうでしょう」と冷静だった。

「そういうつもりで契約したわけではありませんし。俺はいつも通り過ごすだけです」

「いつも通り、ね。それができることがすごいんだけど……ああ、レクスが来たよ」

「え……？」

「クロムくん」

オスカーの言葉とほぼ同時にレクスがやってきた。

彼は眉を中央に寄せて、厳しい顔をしていた。クロムの前に立つと頭を下げる。

「えっ……」

「この度は、本当に申し訳ありませんでした。どうやら今回の件は不運な事故だったらしいですが、これは完璧な監督不行き届き。生徒会長として、事故を防ぐべく、目を光らせておくべきでした」

「いや……」

真摯な態度で謝罪をされ、クロムが言葉に詰まる。

顔を上げたレクスに私は言った。

「ひとつ聞きたいのだけど、今回の騒ぎとなった最初の人。つまりクロムが落ちる要因となった生徒が誰か分かる？」

「いえ……恥ずかしながら私が事態に気づいたのは、クロムくんが落ちたあとだったので」

「そう……」

仕方のない話だが、やはりレクスも犯人が誰か分かっていないようだった。

さっと周囲を見回す。

生徒たちはその多くが、クロムが精霊契約を成功させたことに驚いている様子だった。数人、悔しそうにしている者もいたが、あれは嫉妬だろう。

もしクロムに危害を加えることが目的だったのなら、嫉妬ではなく失敗したと、残念そうにしているはず。だけどそういう顔をしている者はいなかった。

――やっぱり、偶然、なのかしらね。

不運な事故だった、が正解なのだろう。でもだとしたら、自分が押したと名乗り出てもいいと思うのだけれど。

いや、クロムが私の婚約者であることは知られている。

メイルラーン帝国の次期女帝。その婚約者をたとえわざとではなくても危ない場所に落としたのだ。

咎めがあるかもと口を噤《つぐ》む可能性は十分すぎるほどあった。

人は己に危険が及びそうな時、保身に走るのが基本なのだ。責められたくないために、己が犯人だと言いたくなかった、は心理として理解できる。

真実を言い出せるほど心の強い人はそう多くはないと知っている。

「どうしました？」

レクスが不思議そうな顔をして聞いてくる。私は笑みを浮かべ、首を横に振った。

「いえ、なんでもないの。でも、気をつけてちょうだい。今回は何もなかったから良かったけど、もしクロムに何かあったら、私、黙っていられる自信はないから」

脅しとも取れる発言だと分かっていたが、止められなかった。

だってこれは私の本音だ。

もしクロムに何かあれば、きっと私は暴れるだけでは済まないと思う。

私の表情を見て本気で言っていることが分かったのだろう。レクスも顔を引き締め、頷いた。

「……分かりました。生徒会長としてこれ以上何もないよう最大限に気をつけるとお約束します」

「お願いね」

とりあえず、これ以上私にできることはない。

生徒会長であるレクスにも釘を刺せたし、あとは自分たちで気をつける他はないのだ。

でももし、私の考えすぎではなく、本当にクロムを害したいと思う者がいるのなら。

——きっと、今回のことは相当悔しく思っているでしょうね。

害そうと思ったのに、精霊契約をして帰ってくるなど考えもしなかったはずだから。

それだけは、ざまあみろだ。

そうそう犯人の思惑通りに事は進まないし進めさせない。

「かかってきなさい。とっちめてあげるから」

いるかも分からない犯人に宣告する。

私たちの身に何が起こっているのか、それとも何も起こっていないのか、まだ分からないが、今はただ、やれることをやるしかないのだ。

第五章　次期女帝、デートをする

私たちが精霊世界から帰ってきてから、数カ月が過ぎた。

幸いにもあれからおかしなことは何も起こっていない。

七不思議に巻き込まれることもないし、授業中にトラブルに巻き込まれるようなこともなかった。

まさに平和そのもの。

お陰で今まであったトラブルの数々も偶然だったのかもと思えるようになってきた。

きっと私たちの考えすぎだったのだ。

大臣たちに結婚を反対され、アインクライネート魔法学園で首席卒業したら～なんて条件をつけられたりして気が立っていたから、何もかもを怪しく感じていただけなのかもしれない。

考えてみれば、どれもこれも単発なら、ただの不幸な事故。

少し続いたから、もしかして、なんて思うようになったのだ。

別に悪意を持った第三者など存在しない。

私たちは普通に日々を過ごせば良い。ようやくそう思えるようになったというのに、一年なんてあっという間で、もう最後の時は近づいていた。

最後の時。そう、卒業テストである。

この卒業テストで一位を取れれば、ほぼ間違いなく首席卒業ができる。

つまりは、絶対に落とせない最重要のテスト。

私たちの人生が懸かったテストでもある。それは首席卒業をしなければならない当事者のクロムが一番分かっているようで、毎日遅くまで勉強に励んでいると同じ寮に暮らすオスカーから聞いていた。

残念ながら私は応援することしかできないが、彼に一位を取ってもらいたい気持ちは誰よりもある。

でも何か協力できることはないかな、なんて思いながら、毎日を過ごしていた。

◇◇◇

昼休み。昼食を取り終わったあと、ふたりで校庭を散歩していると、クロムがふと思い出したように言った。

「そうだ。よければ週末にデートでもしないか？」

「えっ、デート……？」

一瞬、何を言われたのか分からず、まじまじとクロムを見つめる。彼は照れたように笑い「君がもしよければだが」と告げた。

「考えてみれば、俺たちはデートも碌にしていなかったなと気づいて」

「そ、それはそうだけど……」

クロムの言う通り、私たちは婚約者でありながら、デートのひとつもしたことがなかった。

とはいえ、それを不満に思ったことはない。

この一年、クロムが私との結婚を実現するためにどれだけ頑張っているかを自分の目で見てきたから。

時間を惜しんで勉学に励む彼を見てもまだ不満を言うようなら、そんな女は婚約者を名乗る資格がないと思う。

私は慌ててクロムに言った。

「気にしなくていいのよ。今、テスト前の一番大事な時じゃない。少しでも勉強に時間を割いた方がいいのは私だって分かってるわ」

それこそデートがしたいのなら、全部が片付いたあとにゆっくりすればいいのだ。

そこまで待てないなんて心の狭いことを言うつもりはない。

だが、クロムは首を横に振った。

「俺が今、ディアナとデートしたいんだ。せっかく学生という身分をもう一度得たんだ。学生気分でデートできる機会など、この先何度もあるとは思えないし」

「……むしろ何度もあったら困るわよ」

二度でもびっくりなのだ。三度目や四度目は本気で要らない。

なんとも言えない顔で告げると、クロムは「だから」と言った。

「学生生活最後の思い出作りに、君とデートしたいと思ったんだ。勉強は一日くらいなら休んでも大丈夫だ。それくらいで成績を落としたりはしない。それともディアナはデートしたくないか？　君が嫌なら、この話はこれで終わりなんだが――」

「い、嫌なんて一度も言っていないわ！　デートなんて、そんなの行きたいに決まってるじゃない！」

せっかくのチャンス。中止されては敵《かな》わないと私は声を上げた。

クロムの勉強の邪魔にならないのなら、デートしたいに決まっている。

行きたいと告げると、クロムはホッとしたように表情を緩めた。

「良かった。一応週末の午後で考えているんだが、時間は大丈夫か？」

「え、ええ。もちろん。何かあっても空けるわ！　あ、でも――」

ふと不安が胸を過《よぎ》った。その思いをクロムに告げる。

「ひとつ聞きたいのだけど、クロムの言うデートって手合わせをしましょうというお誘いではないわよね？」

悲しい話だが、クロムなら十分あり得る話なのだ。

何せクロムは自他共に認める戦い好き。

手合わせをデートと認識するくらいは、普通にやる。

本気も本気、真面目に尋ねたのだが、クロムは目を丸くして言った。

「さ、さすがにそんなことは言わないぞ。町に出掛けようと思っているし」

「町？　……プロテインを買いに行くのに付き合って欲しいとかじゃないの？　あと、筋トレグッズを見たいとか」

以前、こちらから出掛けないかと誘った時、筋トレグッズを買いに行きたいと色気も何もない答えを返されたことは今もしっかりと覚えている。

あの時は、どうしてこんな男を好きになったのかと自分を殴りたかったものだけど。

「そ、それもない！　デートに筋トレグッズを買いに行きたいなんて言うはずがないだろう！」

「普通はそうよね。でも、クロムだからどうしても疑ってしまって……」

じっとクロムを見つめる。彼はたじろぎつつも、制服の胸ポケットからチケットを二枚取り出した。

「……確かに俺には前科があるからなかなか信じてもらえないだろうが、デートの意味くらいは分かっている。その……芝居のチケットがあるから一緒に観に行かないかと思って……」

「芝居？」

クロムらしからぬチョイスに嬉しいよりも先に疑いの声が出てしまった。クロムは気づかず、照れたように告げる。

「メイルラーンの神話を元にした恋愛ものの芝居だそうだ。女性が好むと聞いて」

「それ、誰に聞いたの？」

クロムが自分から恋愛ものを選ぶとは思えず、つい、聞いてしまった。

どこから仕入れた話なのか。じっとクロムを見つめると、彼は「気にするのはそこなのか？」と驚いたように言った。噛みつくように言う。

「気になるに決まってるでしょ。女だったら許さないから」

嫉妬深いと言われようが、クロムが女性と関わるのは嫌なのだ。ムッとしていると、クロムは何故か楽しげに笑い始めた。

「ちょ、どうして笑うのよ。私は真剣なのに！」

「君が見当違いの嫉妬をしているからおかしかっただけだ。このチケットは、ブランがくれたんだ。女性なんていない」

予想外の名前が出てきて驚いた。

ブランといえば、フーヴァル学園から一緒にメイルラーンまでやってきたクロムの友人。

彼は現在、帝国近衛騎士団に所属しているはずなのだけれど。

「ブラン？」

「たまに、休みの日に会いに来てくれるんだ。近況なんかもその時に話す。同性なら、寮に遊びに来るくらいはできるだろう？」

「それは、そう、だけど」

寮は異性が入ることを禁じられているが、同性なら規制は緩い。

それに帝国近衛騎士団と言ってもさすがに休みの日くらいはあるので、それを利用してブランが遊びに来ている、は納得できた。

「そう、ブランが来ていたのね」

「月に一回程度だが。前回来た時にこのチケットを貰ったんだ。ディアナと行ってくればどうかと。自分で考えたプランでないのは悪いと思っているが」

「そういうことだったの」

クロムがチケットを手に入れた経緯を聞き、納得した。

なるほど、確かにブランなら、恋愛ものの芝居チケットを入手するくらい余裕だろう。

彼は軽いノリの男だが、何かにつけて如才がなく、有能であることは知っていた。

話によれば、クロムが私に片想いしていた頃、協力していたのはブランだったらしいし。

ブランのことだ。きっとデートと言ってもどうすればいいか分からないクロムのために、チケットを入手し、渡したのだろう。

そしてクロムは友情に感謝し、今、ドキドキしながら私にチケットを差し出しているというわけなのだ。

「……」

「ディアナ？」

彼の差し出すチケットをじっと見つめていると、クロムに名前を呼ばれた。

「何？」

「いや、その……やはりブランが用意したものでは駄目だっただろうか。君も知っての通り、俺はデートと言ってもどうすればいいのかよく分からなくて、失敗したくない思いでブランを頼ったのだが……」

情けない顔をして告げるクロム。そんな彼に私は笑顔を向けた。

チケットを受け取り、口を開く。

「そんなこと言うわけないでしょ。ありがとう、すごく嬉しいわ」

「ディアナ……」

「ブランに相談したというのも怒っていないし、呆れてもいない。分からないことを誰かに相談するのは正しいことだもの。クロムは私を喜ばせたかったから、ブランを頼ったのでしょう？」

「あ、ああ……！」

パアッとクロムの顔が輝く。

「その通りだ。せっかくデートに誘うのなら君をガッカリさせたくなかったし、喜ばせたかった」

「その思いで用意してくれたものを嬉しくないなんて言わないわよ。……でも、ごめんなさい。あなたがせっかく色々考えてくれたのに、女の影があるかもなんて変な嫉妬をして」

チケットを素直に受け取っていれば、クロムに全部話させることはなかったのだ。

私が変な嫉妬をしたせいで、黙っておきたかったであろうブランの協力まで話させてしまった。

気遣ってくれたクロムに申し訳ない。

「いいんだ。君が喜んでくれるのなら、これ以上のことはないから」

「クロム……」

「改めて聞く。ディアナ、週末、俺と一緒にデートしてくれないか？　芝居のチケットがあるんだ」

「ええ、是非！」

誘いをやり直してくれたクロムに心から感謝しつつ、その首に抱きつく。

クロムの体幹はしっかりしていて、よろめくことなく私を受け止めてくれた。

頬を擦り寄せる。

「ありがとう、クロム。デート、すごく楽しみだわ」

「俺もだ」

「私、目一杯お洒落していくから」

「楽しみにしている。俺もせいぜい君に見劣りしないよう頑張るつもりだ」

「ええ」

クスクスと笑い合う。

週末がすごく楽しみだ。

今は最終テスト前で、遊んでいる場合ではないことは分かっている。それでもその中で学生らしくデートができることが私はとても嬉しかったし、申し出てくれたクロムに感謝した。

◇◇◇

デート当日になった。

学園が休みの日は、のんびりと過ごすことも多いのだが、今日に限っては違う。

むしろいつもより早く目が覚めたし、準備に時間をかけた。

待ち合わせは昼からということは分かっていたが、待ちきれなかったのだ。

芝居を観に行くと聞いていたので、それに合わせてワンピースを選んだ。

場所が大きな劇場とかなら、盛装する必要もあったのだが、今回は町中にある芝居小屋で行われるもの。ワンピースで十分だ。

色は少し悩んだが、黒系統で揃えた。

黒はクロムの色だと思っているからだ。好きな人の色を身に纏いたいと思うのは、当然だろう。

化粧をし、髪もせっかくなので少し編んで、ハーフアップにした。

「……できた」

早くに準備を始めたにもかかわらず、全てが終わったのは待ち合わせ時刻の五分前。

寮の外で待ち合わせなので、あと五分と言っても遅刻はしないが、思った以上に時間がかかってしまった。

眉毛の形が気に入らなくて、何度も描き直したせいかもしれないけど。

「ディアナ」

寮の外に出ると、時間前にもかかわらず、すでにクロムが待っていた。

待ち合わせ場所は寮の門の前だったのだが、そこには馬車も待機している。

クロムは細身のジャケットを着ていたが、とても似合っていた。スタイルがいいので、こういう服装が映えるのだ。

「待たせてしまったかしら。ごめんなさい」

謝罪の言葉を紡ぐと、クロムは首を横に振った。

「今来たところだから気にしなくていい。それに、まだ約束の時間にもなっていないんだ。謝る必要はないだろう」

「そうなんだけど、待たせたと思うと気になるのよ。クロム、そのジャケットとても素敵ね。似合っているわ」

「ありがとう。だが、俺が先に言うことだったな。ディアナ、その服、とても似合っている。君は黒もよく似合うな」

「ふふ、ありがとう。黒はクロムの色だと思っているから、今日はどうしてもこれにしたかったの。だってデートだもの」

「そ、そうか」

クロムの頬に朱が走る。

その表情から喜んでくれていることが分かり、私まで嬉しくなってしまった。

クロムが手を差し出してくる。

「行こうか。そこの馬車を使う」

「え、この馬車ってクロムが呼んでくれたの？」

徒歩圏内だったので、てっきり芝居小屋まで歩いていくものと思っていた。

だが、クロムは首を横に振った。

「せっかくのデートなんだ。こういう時はきっちりしておいた方が思い出に残るし、ヒールで長時間歩くのは辛いだろう？　馬車を使った方がいい」

「……とでも、ブランに言われた？」

「っ……」

クロムらしからぬ女心を解した言葉に、ついブランの名前を出してしまった。

でも、クロムは基本が朴念仁なのだ。その彼が『ヒールで長時間歩くのは辛い』なんて言い出したのが信じられなかった。

経験がなければ気づけない思いやりだ。チケット入手に引き続き、ブランを頼ったのだろう。

じっと彼を見ると、クロムはさっと私から視線を逸らせた。

「……クロム？」

「いやその……まあ、その通りだ」

「やっぱり」

「駄目だったか？」

「ううん。どうしてクロムがヒールの心配までできたのかなって不思議に思っただけだから」

素直に告げると、クロムは真顔で頷いた。

「俺だけでは絶対に気づかないな。実際、ブランに言われても最初はピンとこなかったし。だが、ブランが『絶対に天使ちゃんはデートにヒールを履いてくるから馬車を用意した方がいい』と言って聞かなかったんだ」

「まだ、その呼び方しているの……」

天使ちゃん、はフーヴァル学園に在籍していた際に、ブランが使っていた私の渾名《あだな》みたいなものだ。

いい加減止めて欲しいところなのだけれど、どうやらブランはまだ『天使ちゃん』なんてふざけた名称で私のことを呼んでいるらしい。

「俺も止めろとは言っているんだがな。なんでも、帝国近衛騎士団に入れられた仕返しらしい。ずいぶんと扱《しご》かれているようだから」

毎度、来るたびにクロムに愚痴っていると聞き、笑ってしまった。

「良かったじゃない。帝国近衛騎士団の人たちってシビアだから、見込みがなかったら、そもそも相手をしてもらえないのよ。扱いてもらえているようなら、大丈夫。ブランは強くなると思うわ」

「そうなのか」

「ええ」

クロムが手を差し出してくる。その手を取り、馬車に乗り込んだ。

学園の外に出るわけだが、護衛はなしだ。何故なら私にはフェリがいるので。

学園の敷地から出ればフェリを呼ばないという約束には抵触しない。つまり今の私は、フェリを呼び出し、使うことができるのだ。

姿こそ見えないが、フェリは今も近くで私を護衛してくれている。

多分だけど、クロムも同じだろう。彼にも契約したばかりの精霊リーリアがいる。

十分ほど馬車を走らせれば、目的地に着く。

芝居小屋は帝都の大通り沿いにあり、人気の公演なのか、人が大勢集まっていた。

皆、盛装というほどではないが、それなりにドレスアップしている。

当たり前だが、ほぼ全員、皇女である私を知っているので、私たちが通ると、皆、頭を下げて道を譲ってくれた。

「ここだな」

「あら、良い席じゃない」

案内された席は、かなりの良席だった。ブランが気を利かせてくれたのだろう。

彼は目端が利く男なのだ。クロムも予想以上の良席に喜んでいる。

「ブランには感謝しないとな」

「そうね。何かお礼を用意したらどう？　同性の友人だからって有耶無耶《うやむや》にするのは良くないと思うわ」

「そうだな」

クロムが頷く。

そのままふたりで、ブランにプレゼントするものは何がいいかと話し合っていると、開演時間になった。

緞帳《どんちょう》が上がっていく。

口を噤み、舞台に注目した。

芝居の公演時間は約三時間。楽しく観劇できれば良いなと思っていたのは最初だけ。すぐさま私は役者たちの演技に魅入られ、時間はあっという間に過ぎていった。

◇◇◇

「面白かったわ……！」

芝居が終わり、芝居小屋の外に出た。

クロムと一緒に観たのは、今、流行っている恋愛ものの芝居だったのだが、とても面白かった。

話自体は敵対している組織の男女が、そうとは知らぬままに相手に恋をする……というよくあるものだったのだけれど、とにかく見せ方が上手かったのだ。

役者たちも皆、力量があったので、演技に引き込まれる。気づけば手に汗握って見入ってしまったのだから、役者というのはすごいと思う。

「最後のシーンは特に感動ものだったわね」

ヒーローとの付き合いを反対されたヒロインが、自分の家族に監禁され、それをヒーローが助けに行くシーン。

家族に自分の想いを理解してもらおうと頑張るヒロインも良かったし、何をおいてもヒロインを助けに行こうとするヒーローも良かった。

ハッピーエンドになると分かっていたのに、次はどうなるのかとハラハラしたし、最後まで目が離せなかった。

「誘ってくれてありがとう」

心からお礼を言うと、クロムは嬉しげに笑ってくれた。

「君が喜んでくれたのなら良かった」

「ええ、とっても。クロムは？　どこか興味を引かれた場面はあったの？」

誘ってくれたクロムは楽しく観劇できたのだろうか。少し気になって尋ねると、彼からは「ヒーローのアクションシーンが良かった」という答えが返ってきた。

「ヒーロー役の役者、かなり鍛えていると思う。動きにキレがあったし、アクションシーンに無理がなかった」

「なるほど。クロムはそういうところを楽しむのね」

楽しみ方は人それぞれなので、クロムが私とは全然違うシーンに興味を引かれていても気にならないし、むしろ「へえ、そんなところが気になったの」と面白く話を聞くことができた。

「あら、馬車がいなくなっているわ」

降車した場所まで歩いていくと、馬車の姿がなかった。

どうしたのだろうと首を傾げる。それにクロムが答えてくれた。

「馬車は行きだけだ。今からは、お茶にしないかと思って。喉が渇いただろう？」

「……え、ええ、そうね」

「近くの店に予約を入れてあるんだ」

「……」

これもブランの入れ知恵だろうか。

クロムの気遣いに、本気で驚いてしまった。

でも仕方ないではないか。クロムは本当にこういうことには疎い男なのだ。

それが満点のデートを用意してくるのだから、驚愕したって仕方ないと思う。

「五分ほど歩くが、大丈夫か？」

「ええ、平気よ」

「良かった、行こう」

クロムが実に自然に手を握ってくる。いかにもデートという雰囲気に、なんだか妙に恥ずかしくなってきたが、そこは堪えて手を握り返す。

ふとクロムを見ると、彼は少し顔を赤くしていた。

その顔を見ていると、ブランの入れ知恵とか、クロムらしくないとか考えていた自分がとても恥ずかしく思えてくる。

クロムは私のためにと、ブランに色々聞いてくれたのだ。

彼は自分に何ができて、何ができないか分かっている男。きっと自分ひとりではきちんとしたデートができないと、ブランを頼ることにしたのだろう。

そして助言された通りに頑張ってくれているのだ。

私のために。

――クロムってば。

なんとも面映《おもは》ゆい気持ちになってきた。

クロムが私のために頑張ってくれた色々なことが、とても嬉しい。

苦手なことでも私のためならと頑張ってくれる人なのだ。

彼のこういう努力を当たり前だと思わないようにしよう。そして残りのデートは素直に楽しませてもらおうと決めた。

いちいちブランが……なんて考えたり口にしたりする方が野暮だと気づいたから。

「予約ありがとう。お店、楽しみだわ」

ここで私がするべきは、素直に感謝することのみ。

にっこり笑うと、クロムは「君が喜んでくれるのなら、予約した甲斐があった」とホッとしたように胸を撫で下ろした。

◇◇◇

「わ……すごい」

クロムが連れて来てくれた店はかなりの人気店のようだった。

大通り沿いにある広めの店はテラス席と店内席のあるオープンカフェ。

だが、長い行列ができていて、十人以上が並んでいる。

店名は『ケーキの店トマス』。壁にクマの絵が描かれているが、店のマスコットキャラクターだったりするのだろうか。

「いらっしゃいませ。ご予約はされていますか？」

店を観察していると、列を整理していた店員が私たちに気づき、声をかけてくる。クロムは頷き、名前を告げた。

「ああ、サウィンだ」

「サウィン様……。はい、ご予約承っております。二名様ですね。中のお席にどうぞ！」

店員が持っていた予約表を確認し、頷く。行列を差し置いて中に入るのは申し訳ないような気もしたが、予約しているのだからと気にしないことにした。

どうやら店員は私が皇女だとは気づいていないようで、ごく普通の態度で接してくれる。

先ほどの芝居小屋にはそれなりの身分の者が多かったからすぐに気づかれたが、貴族でもなければ、パッと見ただけで私が皇女かなんて分からないものなのだ。

「こちらのお席へどうぞ」

予約席と書かれた場所に案内され、着席する。

店内席ではあるが、外の景色が見える良い場所だった。店員が置いていったメニューを手に取る。

ケーキ店というだけあって、ケーキの種類が多かったが、パスタなどの食事系もあった。

紅茶の種類が豊富で、テンションが上がる。

「どれも美味しそうね」

「ここのケーキは、どれも当たりだと聞いている。ディアナが好きなものを選ぶといい」

「そうね……じゃあ、私はこのレモンのケーキにしようかしら。お茶は……ローズティーにするわ」

一番興味を引かれたものを選ぶ。

クロムは、エスプレッソケーキと書かれたものを頼んだ。

飲み物も紅茶やハーブティーではなく、珈琲《コーヒー》にしている。

「美味しい……！」

用意されたケーキは美味しく、大きくカットされたものだというのに、あっという間に食べてしまう。

先ほど見た芝居の感想を言い合いながらのティータイムはとても楽しかった。

「——でも、もうすぐこの生活も終わりなのね」

芝居の話も終わり、少し間が空いたタイミングで呟く。クロムが珈琲を飲んでいた手を止め、私を見る。

「ディアナ？　どうしたんだ？」

「どうしたって、別に何かあるわけじゃないんだけど、ほら、私たちが転入して、もう一年近くになるのかって感慨深い気持ちになっただけなのよ」

「……そうだな。あれからもう一年か」

フーヴァル学園の卒業式にクロムを迎えに行って、そうして結婚しようと意気揚々と帰ったらまさかの結婚延期。

それどころか別の学園に入って首席卒業を結婚の条件にされるとか、誰が思っただろう。

少なくとも私は想像すらしなかった。

「あの時の予定では、今頃はもうクロムと結婚しているはずだったんだけど、人生って分からないものね」

しみじみと告げると、クロムも同意した。

「確かに、俺も思わなかった」

「でもようやく、最後のテストなのよね」

学年最後の卒業テスト。

ここで首位を取れなければ、最終成績を首席で終えることはできないだろう。

卒業テストは今までの集大成。なんとしても結果を出さなければならないし、皆、少しでも良い成績を取ろうと頑張っている。

「……クロム、首位は取れそう？」

聞いても意味はないと分かっていたが、それでもなんとなく聞いてしまった。クロムが珈琲を一口飲み、告げる。

「取れそう、ではないな。絶対に取る、だ」

そう言う彼の目には強い決意が籠もっていて、胸がときめいた。

彼がここまで言ってくれるのならば、絶対に大丈夫だろう。確約できるものではないはずなのに、何故か大丈夫だという気持ちになってくる。

「そうよね。クロムなら絶対に首位間違いなしよね」

「当たり前だ。でなければ、なんのためにわざわざアインクライネート魔法学園に転入したのか分からなくなる。俺はなんとしても君と結婚したいんだ。……君を愛しているから」

「嬉しい、クロム……私もよ」

告げられた言葉が嬉しい。

私は幸せを噛みしめながらも口を開いた。

「でも、最大限に警戒しなきゃいけないわよね。最近はないけど、また何かが起きないとも限らないし」

「七不思議のことか？　それはあの最初の二回だけだったし、今は脅威にはならないだろう？」

「ううん。そのあとのリアルグリズリーのこととか、あと、精霊世界に落とされたこととかもよ。なんなら、あなたがテスト当日に遅刻したりとか、それこそ色々あったじゃない。そういうもの全部を警戒しなきゃって言ってるの」

アインクライネート魔法学園に転入してからあった様々なことを思い出しながら告げる。

こうしてひとつひとつ挙げていくと、本当に色々なことがあったなと改めて思った。

だがクロムはあまり気にしていないようだ。

「リアルグリズリーは多分偶然だろうし、精霊世界に落ちたことだって、運悪くドミノ倒しに巻き込まれただけ。俺がテストに遅刻したのも、困っていた女性を助けたから。全部偶然だと思うが」

「……偶然にしては回数が多すぎるのよ。ここまで来たら必然としか思えない。絶対に、卒業テストの日も何か起こるわ。そう思うの」

「君は考えすぎだ」

クロムは笑い飛ばすが、私はそうは思えない。

確かにどれも偶然といえば偶然。でも、偶然とは、ここまで何度も連続して起きるものだろうか。

やはりこれまでの全てに、悪意を持った第三者が存在している……。そう考える方が自然だと思っていた。

だから告げる。

「偶然なら偶然でもいい。でも、警戒は怠らないで欲しいの。クロムに何かあったら絶対に嫌だし」

「分かった。だがそう言うのなら君も警戒してくれ。俺が狙われていると決まったわけじゃない。君は皇女なんだ。本当に犯人がいるのだとするなら、狙われるのは君の方が確率は高い」

「分かったわ」

クロムの言うことは尤もなので頷く。

せっかくのデート中に快くない話をしてしまったけれど、大事なことだと思うから、話題に出したことを後悔しなかった。

◇◇◇

「美味しかったわ。ごちそうさま」

「いや、喜んでくれたのなら良かった」

会計を済ませ、店外へ出る。

奢《おご》ってもらったお礼を言うと、嬉しそうな顔をされた。

クロムに尋ねる。

「その、これからとか、まだ何か予定があったりする？」

「いや、今日はこれで終わりにしようと思っていたが。何せもう夕方だから」

彼の言う通り、確かに日が傾いてきている。

時間的にはそろそろ終わりにするのが良さそうな頃合いだ。

だが、私も今日のデートに当たり、考えていたことがあったのだ。

「その、ね。私、行きたいところがあるんだけど、少し付き合ってもらえないかと思って」

「行きたいところ？　店か？」

「ええ。専門店なんだけど」

クロムの反応を窺いつつ告げると、彼は笑顔で了承してくれた。

「もちろん構わない。君が行きたいところがあると言うのなら、喜んで付き合おう」

「ありがとう」

無事、同行を頷いてもらえてホッとした。クロムの手を引く。

「こっちなの。そう遠くない場所だから、時間は取らせないわ」

「専門店だと言っていたな。紅茶とか、そういう関係か？」

先ほどハーブティーを飲んでいたことを思い出したのだろうが、私は「違うわ」と否定した。

「紅茶ももちろん好きだけど、今日行こうと思っているのは別のところよ。……多分、クロムは喜ぶんじゃないかしら」

「俺が？」

なんだろうと首を傾げるクロム。彼の驚く顔を見るのが今から楽しみだった。

自然とワクワクした気持ちになる。

五分ほどで目的地に着く。視線を向けると、クロムが大きく目を見開いていた。

「……！　これは……!!」

「先月、オープンしたばかりのプロテイン専門店らしいわよ。プロテインを専門にして客が来るとは思えないんだけど、それなりにお客さんは入っているみたい」

「!!」

感に堪えないという顔をするクロムを見て、喜んでもらえたみたいだとホッとする。

この店を見つけたのは本当に偶然なのだが、最初に見た時にいかにもクロムが好きそうだなと思ったのだ。

小さな店だが『プロテイン専門店「筋肉」』と書かれた看板の文字は太く、目立つ。

昔のクロムに片想いをしていた頃の私なら、プロテインという言葉にすら虫唾《むしず》が走ったと思うが（プロテインに自分が負けるのかという意味で）両想いかつ婚約者となった今なら話は別……というか、私のために色々頑張ってくれている彼に何か返したかったので、この店に連れて来ることも客かではなかった。

「どう?」

「……すごい。メイルラーン帝国にはこんな店があるのか」

クロムを見れば、彼は目をキラキラと輝かせていた。

分かりやすくソワソワとするクロムに告げる。

「入りましょう。せっかく来たんだもの。中、見たいわよね」

「いいのか……!?」

期待に満ちた目を向けられ、苦笑した。

喜んでもらえるとは思っていたが、それでもまさかここまでとは思わなかったのだ。

クロムを引き連れ、『プロテイン専門店「筋肉」』に入店する。

自分ひとりなら絶対に入らないと確信できる店名だ。

「こんにちは」

チリンチリンと店のドアに付けられた鈴が軽快な音を立てる。その音と私の声に気づいた店員がこちらを見た。その身体は引き締まり……いや、むっちりと筋肉で溢れている。特に上半身の筋肉が大きく、筋が張っていた。

「うわ……」

思わず声が出たが仕方ないではないか。

だってムッキムキのマッスルが可愛らしいエプロンを身につけて、私たちを見ていたのだから。

白い歯がキラリと輝く。

「いらっしゃいマッスル‼」

「なんて⁇」

なんだ、今のは。

目を点にして、店員を見る。筋肉を見せたいのか、袖なしの白い服を着た店員は、両腕をムンと上げると、何故かポージングし始めた。

己の筋肉を見せつけるように、広背筋を大きく広げる。

「いいプロテイン、入っているよ！　マッスル‼」

「……いや、あの」

マッスルじゃない。

どう反応すればいいのか分からない私だったが、クロムは目を輝かせている。

店員に駆け寄り、嬉しげに話しかけた。

「いい筋肉だな！　広背筋が実に素晴らしい！」

クロムに褒められた店員は嬉しそうに、次のポージングを始めた。クロムはいちいち「いい筋肉だ！」「でかい！」「キレてる、キレてる！」と意味の分からないかけ声をしている。

理解不能だが、それを言われた店員はますます張り切ってポーズを取り始めた。

「あ、あの……」

お願いだから、ふたりでよく分からない世界を作らないで欲しい。

「いいな……！　この店はすごくいい！　どうやったらそんな筋肉になれるんだ！」

クロムが嬉しそうなのは良かったが、ムッキムキになられるのは嫌だ。

私は細身で引き締まっている今のクロムの体型が好きなのだ。お願いだからマッスルに憧れを抱かないで欲しい。

私の気も知らず、クロムと店員は盛り上がっている。

「おお！　君もいい筋肉をしているな！　しかし、少し物足りない。そうだ、うちの店のプロテインを飲まないか？　きっともっといい筋肉になるだろう。良かったら、一杯試していかないか？　マッスル！」

「是非！」

「是非じゃないし、なんで、語尾にマッスルがつくの⁉」

ツッコミを入れるも、誰も聞いてくれない。

クロムは店員から手渡された店オリジナル配合だというプロテインを飲み、感動しているようだった。

「すごい……今まで飲んでいたプロテインがなんだったのかと思うくらいにすごい……！　この配合はどうやって？」

「それは秘密マッスル。だが、君にもこのプロテインの良さが分かるようで嬉しいよ。特に筋トレをしたあとに飲むと効果倍増。君にも美しい筋肉が！　……マッスル」

忘れていたのか、語尾にマッスルを付け加える店員。忘れるくらいなら最初からつけずに喋って欲しい。

完全に私は置いてけぼりだが、嫌だとは思わなかった。

むしろ巻き込まれたくない一心で、ふたりから距離を置いていた。

——ま、まさか店員が『こういう』タイプだったなんて……。

愕然とする私を余所に、ふたりは大いに盛り上がり、語り合っていた。

「うちの店はプロテイン専門店と謳っているが、筋肉に良いものならなんでも取り扱っているんだ、マッスル。筋トレグッズなんかも置いているが、君、興味はないか？　マッスル」

「あります！　最近、筋トレ不足を実感していて」

筋トレグッズなんてクロムが喜びそうなものでしかない。店員が嘆くように言った。

「それはいけない。せっかくの鍛え上げた筋肉が泣いているマッスル」

「そうですよね。この辺りの筋肉を鍛えたいと考えているのですが」

具体的に「ここ」と示すクロム。店員は、にんまりと笑い「いいブツがある」と店の奥から筋トレグッズと思わしき器具を持ってきた。

まるで何かの取引現場みたいでものすごく嫌だが、実際は筋トレグッズの話でしかない。

店員が持ってきた筋トレグッズをクロムに見せる。

「この器具を使うといい。使い方は分かるマッスル？」

店員の質問に、クロムもキラリと輝く笑顔で答えた。

「分かりマッスル！」

「……」

分かりマッスルじゃない。ついにはクロムまでマッスルに侵食され始めた。

「クロム。お願いだから戻ってきて……」

こんなことなら連れて来るんじゃなかった。

戦きながらもふたりを見る。

クロムが喜ぶと思ったから来てみたのだけれど、間違いだっただろうか。私が思ったのとは、全く違うことになっていて、本気で頭が痛いのだけれど。

ただ、クロムは大はしゃぎで、それだけは良かったと思えた。

まるで子供みたいだ。

「でも……筋トレグッズとプロテインにはしゃいでいるんだけどね。ハア」

なんだこれ。

巨大なため息も出るというものだ。

マッスルマッスルと、意味不明な会話を繰り広げるふたりにドン引きしながら、私は早くこの拷問の時間が終わってくれないかなと心から思った。

◇◇◇

「良い時間だった！　ディアナ、ありがとう」

「……喜んでくれたのなら良かったわ」

クロムが満足したのはそれから三十分ほど経った頃だった。彼はマッスル店員に薦められたプロテインと筋トレグッズを購入し、ホクホク顔になっている。

店を出たあとも、あの店員の筋肉のつき方は理想的だなどと大絶賛で、今後も彼があの店に通うことは最早《もはや》約束された未来だった。

「あんな店があるなんて、やはりメイルラーン帝国は違うな！」

クロムが輝く笑顔で告げる。

褒めてくれているのは分かるが、全然嬉しくない。

私は頬を引き攣らせながらクロムに言った。

「あの店が特殊なだけだと思うわ。私もまさかあんな店員がいるとは思わなかったの……」

知っていたら絶対に連れて来なかった。

プロテイン専門店という文言だけを信じて、実地調査を怠った私のミスである。

とはいえ、クロムが喜んでくれたことは嬉しいし、故郷から離れて私の国に来てくれた彼の興味を引けるものを提供できたことは本当に良かったと思っている。

知らない土地に来て、多少なりとも不安になっているだろうクロムの心の慰めになれたのなら、これ以上嬉しいことはない……というのが本音なのは間違いないのだ。

まさかそれがプロテイン専門店だとは思わなかったけれど。

——ま、まあ、クロムが喜んでくれたんだからよしとしよう。

考え出すと自分の選択を後悔しそうな気がしたので、これ以上は悩まないことにする。

マッスルについて悩んだところで、何も得られるものはないのだ。

マッスル、マッスル。

「ディアナ」

己の思考までマッスルに侵食されそうになっていると、クロムが私の名前を呼んだ。

「な、何?」

隣を歩く彼を見る。

プロテイン専門店から学園まではそう遠くなく、すでに寮が見えてきていた。

もうすぐデートは終わり。

お別れの時間が近づいている。

「今日は楽しかった。ありがとう」

クロムが立ち止まり、笑顔で言う。私も足を止め、言った。

「こちらこそ、とても楽しかったわ。誘ってくれてありがとう。芝居もそのあとのカフェも全部素敵な思い出になったわ」

「プロテイン専門店に連れて行ってくれたこともだ。……君が俺のためを思って考えてくれたのがすごく嬉しい」

「……クロム」

そう言ってくれるのなら、案内した甲斐があったというものだ。

クロムがじっと私の目を見つめてくる。その目を見返していると、彼はすっと顔を近づけ、軽く唇を触れ合わせてきた。

「え……」

「愛してる、ディアナ。また明日、学園で」

「あ……」

私が何か言う間もなく、クロムは照れたように笑って走って行ってしまった。

その場にひとり残された私は、パチパチと目を瞬かせた。

「え、いや、あの……」

すでにクロムの背中は見えない。だが、ジワジワと自分がされたことを思い出し、顔が赤くなっていった。

「〜〜〜ッ‼」

その場にしゃがみ込む。

たった今キスされたばかりの口元を押さえた。

何故だろう。妙に恥ずかしかったのだ。

クロムが照れていたから私もつられたのだろうか。

キスくらい今更と思うのに、身体だってすでに重ねた仲なのに、別れ際の触れるだけのキスが恥ずかしいとか意味が分からない。

でも、どうしようもなく照れくさくて、赤くなる顔を隠せない。

「クロムのばか……」

小さく呟く。

だけどその声は分かりやすく弾んでいたし、私はニマニマとだらしない顔をしながら女子寮に戻ったのだった。

◇◇◇

楽しかった初デートが終われば、あとはもう卒業テストを頑張るだけ。

いよいよ卒業テスト当日がやってきた。

今日のテストで全てが決まる。

ここでクロムが一位を取れば、首席卒業は確約されたも同然。

きっと彼なら問題なく一位になってくれると分かっている。だが気になるものは気になってしまう。

もしかして何か起こるかもしれないし、考えすぎだと分かっていても一抹の不安は拭えない。

そのせいか熟睡できず、結局、予定していた起床時間よりかなり早く起きてしまった私は、校門前でクロムを待とうと決めた。

何も変わらないかもしれないが一声「頑張ってね」と言いたかったのだ。

何せ、クロムの成績は私にも関係があること。他人事にしたくはない。

「……」

校門前でクロムを待つ。

次々と生徒たちが登校してくるのを横目で見送った。生徒たちも私に気づいているが、声をかけてはこない。

何せ今日は卒業テストなのだ。人のことを気にかける余裕などあるわけがなかった。

「ディアナ。おはよう」

「オスカー」

皆が通り過ぎる中、声をかけてきたのはオスカーだった。彼はベルトで巻いた教科書を片手に持ち、キョロキョロと辺りを見回している。

「何？」

「ん、いや、クロムはと思って」

「まだよ。オスカーは見ていないの？」

オスカーはクロムと同じ寮に暮らしている。むしろオスカーと一緒に来るのではないかとさえ思っていた。

だが、私の言葉を聞いたオスカーはギョッとしたように目を見開いた。

「オスカー？」

「……まだ来ていない？　本当に？」

「え、ええ」

「クロムが寮を出たのは、私より十五分以上も前のことなんだけど」

「え……」

告げられた言葉を聞き、愕然とした。

慌てて言う。

「十五分以上も前？　嘘でしょう？　私、ずっとここで待っていたけど、クロムの姿は見なかったわ！」

「嘘じゃない。だって、寮を出て行くクロムに声をかけたから。『早いね』と言った私にクロムは『早めに行って、自席で復習をしているつもりです』って答えたんだよ」

「……」

ふたり、顔を見合わせる。

すごく嫌な予感が身を包んでいた。オスカーが確認するように聞いてくる。

「もう一度聞くよ。本当にクロムは来ていないんだね？」

「ええ。私、かれこれ三十分以上ここで待っていたんだもの。絶対に来ていないって断言できるわ。クロムを見過ごすなんてあり得ない」

「クロムも君を無視するなんてしないだろうから……となると、まだ彼は学園に着いていないということになるな。でも、寮からここまでの間にクロムらしき人物の姿は見なかったんだけど……」

オスカーが焦りを滲ませながらも言う。

寮から学園までは徒歩五分ほどで、迷うような道ではない。それなのにクロムが来ていないなんて、何かの事件に巻き込まれたとしか考えられなかった。

心臓がバクバクと脈打っている。彼に何かあったのかもと思うと、それだけで息が苦しくなった。

なんとか気持ちを宥め、オスカーに言う。

「……とりあえず落ち着きましょう。オスカーはここにいて。私、念のため教室を確認してくるから。もしかしたら教室にいるという可能性もゼロではないし」

クロムがいないと決めつけるには早い。そう思いながら告げると、オスカーは頷いた。

「分かった。私はここで待って、クロムが遅れて来る可能性に賭けるよ」

「お願い」

校門はオスカーに任せ、私は急いで教室へ向かった。全力で走り、教室の扉を開ける。

私たちの心配が杞憂《きゆう》であればという願いは、残念ながら叶わなかった。

「……いない」

教室内にクロムの姿は見えず、教科書などが置かれていないことからも彼が来た形跡もなかった。

クロムはまだ学園に来ていないのだ。それを確認し、踵《きびす》を返す。

校門まで駆け戻った。

オスカーの姿が見えるや否や叫ぶ。

「オスカー！」

「ディアナ、どうだった⁉」

「駄目、いないわ！　そっちは⁉」

「来ていないよ！　クロムの姿は今も見えない！」

「嘘でしょ……」

オスカーと合流し、手早く状況を確認する。寮を出たのは確かで、だけど学園には着いていない。結論は明らかだった。

「クロムは誘拐された、ってことよね？」

「信じたくないけど多分、ね」

「……あのクロムが誘拐されるって、信じたくないんだけど」

クロムは強い。何かあっても自分で対処できるだけの力を持っているのだ。

特に肉弾戦の強さは私もよく知るところで、彼が何もなく捕まったとは考えられなかった。

オスカーが唸りながら言う。

「卒業テスト当日にクロムを誘拐したってことは、やっぱり君たちの結婚絡みなんだろうね。彼にテストを受けさせたら、賭けに勝たれてしまう。誘拐を企《たくら》んだ首謀者はそう考えたんじゃないかな」

「それってつまり、これまであった色々なことも全部それだったってこと？」

七不思議に巻き込まれたり、リアルグリズリーと戦うことになったり、テストに遅刻させられたり、精霊世界に落とされたり。

悪意を持った第三者がいるのではと私はずっと疑ってきたけれど、やはりそうだったということだろうか。

「全部がそうとは限らないよ。中には偶然やミスもあるかもしれないし、証拠がないからはっきりとは言えない。でも今、クロムを誘拐した犯人は、間違いなくクロムにテストを受けさせたくなくて犯行を起こしてる。敵であることは間違いないね」

「そうよね。敵。間違いないわ。私のクロムを攫ったんだもの。……絶対に許さない。目に物見せてくれるんだから」

ボキリと指を鳴らす。

我ながら声は低かったし、目が据わっている自信はあった。

だけど大切な人を奪われて、大人しくできるわけがない。絶対にクロムを見つけ、犯人を捕まえてみせる。

怒りを募らせていると、オスカーも静かに言った。

「もちろん私も参加させてもらえるのだろうね。……怒っているのは君だけじゃないんだ。クロムのことは友人だと思っている。親しい友人を誘拐されて黙っているほど、私も大人しいつもりはないよ」

「オスカー」

「一緒にクロムを取り戻そう」

「ええ！」

「未来のフーヴァル国王とメイルラーンの女帝を敵に回すことの恐ろしさを思い知らせてやらなくてはね」

全くもってその通りだ。

ふたり、頷き合う。

どこの誰がクロムを攫ったのか分からないが、絶対に彼を取り戻すし、私たちを怒らせたことを後悔させてやる。

そのためならどんなことでもしてやるのだと、そう決めた。

間章　公爵令息、誘拐される

「……いたたたた」

全身の痛みで意識が戻った。

目を開けると、そこはどこかの屋敷の一室のようだった。

◇◇◇

いよいよ卒業テストの日がやってきた。

俺とディアナが結婚できるのか、その命運がはっきりする日だ。

正直、今日のテストで全てが決まると言っても過言ではなく、俺は何週間も前から入念に準備していた。

学園の空き教室を借りて実験もしたし、自室でもひたすら魔法と向かい合った。

自主トレの時間を最小限にしてとにかく時間を作り、勉強し続けた。

フーヴァル学園に在学中でもここまではしなかったと断言できるくらいには勉強していたのだ。

だから今回のテストに俺は絶対の自信を持っていたし、首席を取れると確信していた。

ただ、念には念を入れた方が良い。そう思って、テスト当日は早めに登校することにした。

教室で軽く復習するのは、テスト前の準備運動にもなるだろう。そう思ったから。

なのに――。

「……油断したな」

小さく呟く。

首席を取れると確信し、気が緩んでいたのだろうか。登校途中、背後からの強襲に気づかなかった。

あ、と思った時には背中を強打され、おそらく意識を失ったのだろう。目が覚めたのが今、というわけだった。

「……情けない。殺気には鋭い方だと思っていたが、過信だったか」

後ろからの攻撃に気づかなかったなど、武人の名折れ。穴があったら入りたいとはまさにこのことだ。

それだけディアナとの結婚のことに気が行っていたのだろうが、結果が誘拐されましたでは、どうしようもなかった。

「……」

自分の状態を確認する。手足を縛られ、床に転がされていた。

どこかの屋敷内であることは確かだ。おそらくは物置。大きな箱が乱雑に置かれている。

扉は閉まっていて、多分鍵が掛かっている。

壁を見れば、柱時計が掛かっていた。ハッとし、時間を確認する。

テストを受けられなければ、ディアナと結婚ができない。それだけは嫌だった。

なんのためにここまで頑張っていたのか、全てが無意味になってしまう。

祈るような気持ちで時計を見ると、早く出てきたことが幸いしたのか、今からすぐに戻れば、ギリギリテストには間に合いそうな時間だった。

そのことに心から安堵する。

大丈夫だ。まだ、間に合う。

「……いける、か」

ここがどこかは分からないが、気絶させられてからあまり時間が経っていないことからも、学園のすぐ近くであることは確かだろう。

それなら大丈夫だ。必ずや学園に戻り、テストを受けてみせると決意した。

そしてそのためなら手段を選ばないとも。

まずはこの縛られている状況をなんとかしないと。だが、そこで気がついた。

腕に魔法を封じる腕輪を嵌められていたのだ。

魔法使いを捕まえる時によく使われる魔道具のひとつ。名を『セイレーンの腕輪』という。

「厄介だな」

魔法を使ってなんとかしようと考えていただけに舌打ちが漏れる。ただ、魔法を勉強している生徒を攫うのなら、これくらい用意しているのは当たり前だろう。

相手を無力化するのは定石だからだ。

試しにと魔法を使ってみたが、腕輪は本物のようで、発動すらしなかった。

それではと、別の方法を試してみることにする。

普通に、自分の力でなんとかするのだ。

だがこちらも失敗した。

俺を縛っているものは縄みたいだが、どうやら普通のものではないようで、単純な力ではどうすることもできなかったのだ。

「なるほど。その辺りは対策済みというわけだな」

せっかく誘拐したのに逃げられましたでは話にならない。

魔法が封じられ、力技でもどうにもならない状況ではあるが、俺は焦ってはいなかった。

そのふたつが駄目なら、更なる方策を用意すればいいだけ。そしてそれを俺は少し前に入手していた。

「……リーリア」

静かに、契約した精霊の名前を呼ぶ。

契約さえしてしまえば、精霊を呼ぶのに魔力は必要ないのだ。そのことを俺は契約した時に初めて知ったのだが、ディアナ曰く、あまり知られていない話らしい。

そもそも精霊契約を成し遂げた者の数自体が少なく、契約者以外は知らないことというのは意外と多いのだという。

『我を呼んだか？』

名前を呼ぶとすぐにリーリアが姿を現した。

体長三十センチほどの小さな姿。

リーリアは己の力の制御が上手くできない精霊だ。己の意思とは無関係に炎を発生させ、無自覚に周囲を燃やしてしまう。だから普段は外に出てこないよう命じているのだが、今日ばかりは例外だ。

物理も魔法も駄目なら、リーリアに頼るしかない。

力の制御ができなくて、物置が燃えてしまうかもしれなかったが、そもそも誘拐犯が潜伏している場所なのだ。多少火事になるくらいは許されるだろう。

「リーリア、この縄をなんとかしてくれ」

出てきたリーリアに早速、戒めを解《ほど》くように言う。リーリアは自分がどこに呼ばれたのか分かっていないようだったが、俺の姿を見てギョッと目を見開いた。

『主！　どうしたのだ！』

「情けない話だが、誘拐されてしまったらしい。魔法はセイレーンの腕輪で封じられているし、力任せにしようにもどうにもできない。君の力だけが頼りだ」

『……主を誘拐？　なんと無礼な……いや、分かった。今すぐその忌まわしい戒めを解く』

ワナワナと身体を震わせていたリーリアだったが、すぐに炎を召喚すると、俺の戒めを焼き払ってくれた。

正直、多少なりと火傷させられるとは覚悟していたのだが、意外にもリーリアは上手く炎をコントロールし、無傷で済んだ。

「助かった。リーリア、大分コントロールが上手くなったんじゃないか？」

彼が己の炎を制御しようと、日々頑張っていることは知っている。賞賛の言葉を述べると、リーリアは『当然だ』と胸を張った。

『いつまでも成長しないと思われるのも癪《しゃく》だからな。それで、主、どうするのだ？　我としてはこのままこの屋敷を焼いてしまっても構わないと思うのだが』

物騒な台詞を吐くリーリアだったが、俺は首を横に振った。

「いや、いい。悪いがそんな時間はないんだ。今日は卒業テスト。なんとしても遅刻は避けたい。俺はこの屋敷を抜け出し次第、学園に戻る」

『誘拐犯を放置すると言うのか⁉』

リーリアからは信じられないという顔をされたが、最優先は卒業テストだ。

彼も俺の事情は知っているのでそれ以上は言わなかったが、なんとも複雑そうな顔をされてしまった。

「いいから。とにかく今は一分一秒が惜しい。外に出よう」

手足が自由になったので立ち上がり、怪我の状態をチェックする。幸いにも骨が折れていたりとかはないようだった。

これなら十分戦える。

「……行くぞ」

俺を閉じ込めていた部屋の扉を開ける。鍵が掛かっていたが、思いきり引っ張れば壊れる程度のものだった。

だが、その音で異常を嗅ぎつけたのか、男たちが走ってくる。

廊下に出たタイミングで、見つかってしまった。

「おい！　逃げられてるぞ！」

「セイレーンの腕輪は、嵌めなかったのか！　魔法は封じておけと言っただろう！」

「絶対に学園に戻すなとのお達しだ。もう一度気絶させて、また部屋に閉じ込めておけ！」

全員、知らない顔だ。

皆、大人の男性で、荒事に慣れていそうな気配が漂っている。だが、そこまで強い感じも受けなくて、そこは正直拍子抜けだった。

俺の不意を突くことができるくらいなのだから、相当な強者が出てくるのではと覚悟していたからだ。

「いや、そうならなくて良かったと言うべきだな」

普段なら思いきり戦いたいと言うところだが、今日ばかりはそうはいかない。

俺がすべきことは、一刻も早く学園に戻ることなのだ。大したことのない者ばかりの方が、障害が少なくて助かる。

「――あなたたちがどこの誰で、誰から命令を受けているのかは知らないが、こちらにも事情はある」

向かってくる男たちの方へ、俺も駆け出す。男たちは俺を捕まえようと手を伸ばしてきたが、逆にその手を摑み、投げ飛ばした。

「まずはひとり」

次に捕獲ではなく殴りにかかってきた男の攻撃を避け、鳩尾《みぞおち》に一撃入れる。

意識を失ったことを確認し、次の敵へと向かった。

男たちは怯んだ様子だったが、こちらは時間がないのだ。

さっさと制圧してしまいたかったので距離を詰め、問答無用で回し蹴りを放った。

「三人、四人……」

「クロム！」

最後の四人目を床に沈めたところで、ディアナの声がした。

廊下の向こうからディアナとオスカー殿下が走ってくる。その顔は必死で、俺を一生懸命探してくれていたことが伝わってきた。

「クロム、無事⁉」

ディアナが血相を変えて俺に聞く。心配されているのだと分かり、笑ってみせた。

「ああ、俺に怪我はない。君たちこそよくここが分かったな」

「学園を出たところでフェリを呼んだのよ。フェリとあなたの精霊は知り合い同士だから、そっちから情報を回してもらったの。今どこにいるのって。で、場所を聞いて急行したってわけ」

「そんなことができるのか……」

ついてきていたリーリアを見ると、彼は自慢げに胸を張った。

『精霊同士、遠く離れていても会話は可能だ。フェンリルの主が婚約者だとは聞いていたから、情報を渡した。その必要があると思ったのだが……駄目だったか？』

「いや、助かった。感謝する」

余計なことをしてしまったかという顔をするリーリアに、礼を言う。

実際、このタイミングでディアナたちが来てくれたのは本当に助かったからだ。

少し遅れてやってきたオスカー殿下が倒れた男たちを見て、俺に聞く。

「これはクロムがやったのかい？」

「はい。部屋を出たタイミングで見つかってしまったので。時間がないので、一撃で沈めました」

「そう！　時間がないのよ!!」

ハッとしたようにディアナが叫ぶ。俺も真顔で彼女に聞いた。

「ディアナ、テストまであと何分だ。分かるか」

「あと十分よ」

「十分……さすがに間に合わないか」

遅刻すると教室には入れてもらえないのだ。二教科目からのテストは受けられるだろうが、一教科目は諦めるしかない。

「くそ……」

腹立たしいが、今は文句を言うより、学園に向かうのが先だ。そう思い直していると、ディアナがセイレーンの腕輪に攻撃を加えた。

「はっ！」

パキンという音がする。

セイレーンの腕輪は外側からの衝撃に弱いが、簡単に壊せるものでもない。留め金の部分を上手く狙った彼女に感心していると、ディアナはセイレーンの腕輪を外しながら言った。

「……クロム、フェリを使って」

「え……」

告げられた言葉に驚き、彼女を見る。ディアナは頷き、俺に言った。

「フェリを使ってと言ったのよ。フェリ！　聞こえてるんでしょ。クロムを乗せて、学園まで飛んでちょうだい！　あなたの速度なら、五分で学園に着くわ。それならテストにギリギリ間に合う！」

「……いいのか？」

上級精霊フェンリルを乗り物代わりにしようと言うディアナに驚いたが、彼女はきっぱりと告げた。

「ここまで来て間に合わなかったなんて言わせないわよ。フェリ、お願い。いいわよね！　私、結婚相手がクロム以外なんて絶対に嫌なの。協力して‼」

『……仕方ありませんね。今回は特別ですよ』

ディアナの懇願に負けたのか、フェンリルが姿を現した。

女官ではなく、彼女本来の巨大な狼の姿だ。

その狼が俺を見る。鋭い視線に一瞬、怯みそうになった。

『さっさと乗って下さい。――飛ばします。私が送って、遅れたなんて言わせませんから』

「あ、ああ。頼む」

「フェリ、お願いね！」

ディアナが声をかける。フェンリルは主の声に頷き、俺を背に乗せ、浮き上がった。

『行きますよ。落ちても知りませんから、よく掴まっていて下さい』

「クロム、頑張ってね！　私、信じてるから！」

ディアナが応援の声をかけてくれる。その隣にいたオスカー殿下も力強く言ってくれた。

「君ならきっと首席を取れると信じてるよ。あとは私たちに任せて、君はやるべきことをやってくれ」

「――はい」

ふたりを残していくのは気にかかるが、それよりもやらなければならないことがあるから。

「ディアナ、ありがとう」

フェンリルを貸してくれたディアナに礼を言う。彼女は笑い「どうしてお礼を言うのよ」と言った。

「あなたに首席を取ってもらわないと困るのは私も同じなんだからね。ほら、もう行って！」

「ああ！」

ディアナの言葉に呼応するようにフェンリルが駆け出す。背中の毛を慌てて摑みながら、俺はその場を後にした。

◇◇◇

『着きました。テスト開始まであと五分。十分間に合う時間かと』

光の如き速さで町を駆け抜けたフェリは、ディアナの言う通り、本当に五分で学園の校門前まで俺を運んだ。

その背から飛び降りる。

「ありがとう、フェンリル。助かった！」

フェンリルでなかったら、きっと間に合わなかっただろう。心から礼を言うと、彼女は嫌そうに言った。

『私は姫様の命令に従っただけですので。ただ、言っておきますけど、私にここまで協力させて、首席じゃなかった、なんて結末は許しませんから』

「ああ！」

『それだけです。分かったら、行って下さい。無駄口を叩く暇はあなたにはないはずです』

「……ありがとう」

もう一度礼を言い、フェンリルに背を向け、走り出す。
テストが始まるまであと五分。全力で走れば、間違いなく間に合う距離だ。
「……絶対に首席を取るぞ」
皆が協力して、繋いでくれた可能性だ。
絶対に摑み取るし、最高の結果を出してみせる。
それから三分後、俺はギリギリセーフで教室内へと駆け込んだ。

第六章　次期女帝、追い詰める

「……行ったわね」

「行ったねえ」

フェリに乗って行ってしまったクロムを見送り、呟く。私の独り言にはオスカーが返事をしてくれた。彼を振り返り、告げる。

「良かったの？　卒業テスト、受けられなくなったわけだけど」

「それは君も同じだろう？」

「まあ、そうね」

オスカーの言葉に頷く。

フェリという移動手段をクロムに貸してしまった現状、私たちが学園に戻るには徒歩しか方法がなく、テストに間に合わないのは明白だった。

オスカーがのんびりとした声で言う。

「ま、いいんじゃないかな。テストが受けられなくても特に困らないし。別に良い成績を残さなければ、王位を継げない～とかでもないいし」

「私も同じだわ」

「だから別に構わないと思うんだよ」

「そうね」

ふたり、頷き合う。オスカーが妙に楽しそうな声で言った。

「それより私はやりたいことがあるんだよ。君も同じだと思うんだけど」

問いかけるような視線を受け、頷く。

「その通りね。私はクロムの誘拐を企んだ犯人を許すつもりはないの。テストなんかより、そっちをとっちめることの方が重要だと思っているわ」

「全面的に同意するよ。数少ない貴重な友人を攫った罪は重い。このまま放ってはおけないよね」

「ええ。まずはどこの誰がくだらないことを思いついたのか、そこからよね」

にこりと笑う。

クロムに沈められ、気を失っている男たちを見た。

ヒントは彼らだ。彼らから話を聞き、首謀者を吐かせなければならない。

オスカーがとても良い笑顔で言った。

「私がやるよ。——口を割らせるのは得意だからね」

その言葉の強さに譲る気はないと悟った私は肩を竦め、頷いた。

「分かった。譲るわ。でも、首謀者を叩くのは私がやるから。いい？」

「もちろん。君には婚約者としての権利がある。そちらは譲るから、やりたいようにやるといい」

「ありがとう」

「じゃ、ひとり起こそうか」

オスカーが床に転がる男たちの中から適当にひとり選んで、起き上がらせる。

意識を取り戻させ、尋問を始めた。

私は彼らから少しだけ離れ、そこにずっといた精霊――リーリアに話しかけた。

「クロムと一緒に行かなくて良かったの？」

てっきりクロムについていくか、姿を消すかと思っていたのに、リーリアはこの場に留まっていたのだ。どういう意図かと思っていると、リーリアが私を見た。

『主を誘拐した黒幕のところへ行くつもりなのだろう？　我も連れて行って欲しい』

「え」

『犯人が裁かれるところを見なければ、怒りが収まらないのだ』

静かに告げるリーリアの声には隠しきれない怒りが籠もっていた。

『我の主を誘拐しようとは、恐れ知らずの愚か者。その者を放置することなど我にはできん』

「なるほど。私たちと同じってわけね。いいわよ」

リーリアの気持ちはよく分かるし、彼のお陰でクロムの場所が分かったので了承する。

彼がフェリにクロムのいる場所を教えてくれたから、迅速に動くことができたのだ。この時ほど、クロムが精霊契約していてくれて良かったと思ったことはない。

「ディアナ。こいつらの雇い主が分かったよ」

リーリアと話していると、尋問が終わったのか、オスカーが男を再度気絶させ、私たちの方へやってきた。

「わりとすぐに吐いたよ。彼らは、クロムが今日の試験を受けられないようにしろと命令を受けていたんだ。殺せとは命じられていなかったみたいだね。試験時間が終わるまで閉じ込めておけと言われたから、この屋敷に監禁しておくつもりだったと言っていたよ」

テストを受けさせない。つまりは首席卒業をさせたくないということだ。

それは私と結婚させたくないという意味でもあった。

「ふうん。クロムが首席卒業しそうだから、邪魔しようってわけ。余程私をクロムと結婚させたくない誰かがいるようね。で？　彼らの雇い主は誰なの？」

結婚を反対していた大臣たちの誰かだろうか。

そう思いながら尋ねると、オスカーからは「アネスト侯爵って言ってたよ」と返ってきた。

「アネスト侯爵？　ああ、そういえばあの時もいたわね……」

オスカーから名前を聞き、頷く。

アネスト侯爵は、私とクロムの結婚反対を訴えてきたエリッサ公爵の隣にいた男だ。

内務大臣として、それなりの功績を残している。

その彼がクロム誘拐の首謀者だと聞かされた私は、さもありなんと納得した。

「普通に結婚反対派のひとりね。意外性はないわ」

「そうなんだ。――で？　君はどうするわけ？」

どこか楽しそうにオスカーが聞いてくる。私は笑って彼に言った。

「決まってるじゃない。せっかく首謀者が分かったんだから直接話をつけに行くわよ。もし逃げられでもしたら困るしね」

「そうだね。計画に失敗して逃亡するのはよくある話だし、さっさと捕まえに行くのが正しいと思うよ」

「そうなの」

にこりと笑い、オスカーに向かう。その目を見つめ、口を開いた。

「申し訳ないけどそういうことだから、あなたはここまでということにしてもらって構わない？さすがに他国の王族をこちらのゴタゴタに巻き込むわけにはいかないのよ」

ここまで関わらせておいてと思うかもしれないが、それでも自国の大臣と話をつけに行くのにフーヴァルの王子は連れて行けない。

オスカーも分かっているようで頷いた。

「私が君の立場でも同じことを言ったと思うから、大人しくしてるよ。ただ、約束してくれるかな。事の顚末《てんまつ》は隠さずに教えて欲しい。それくらいは求めたって許されるだろう？」

「ええ、分かったわ」

結末を知りたいと思うのは当然のことだ。

オスカーと約束し、彼と別れる。リーリアが無言でついてきた。彼に告げる。

「――ついてくるのは構わないけど、関係ない人を傷つけたりしないでね。まだ完璧に制御できてないんでしょ？」

『分かっている。最大限に気をつけるつもりだし、そいつの屋敷に着くまでは姿を消している』

「そ、ならいいわ」

一般人に被害が出ないようにしてくれるのならいいかと了承する。

姿を消したリーリアと一緒に、突入した屋敷の外に出た。

クロムが捕まっていたこの屋敷は二年ほど放置されていた空き家で、元は伯爵家の人間が住んでいた。

屋敷が手狭になり、手放したのだが、現在まで買い手はついていない。

『姫様』

アネスト侯爵の屋敷に向かっていると、フェリが姿を現した。

町中だからか女官姿だ。私は彼女に目を向けると、短く聞いた。

「クロムは？」

『テスト開始五分前に送り届けました。遅刻はしていないかと』

「そう、ありがとう」

フェリに託したのだから大丈夫だとは思っていても、やはり間に合ったと直接聞くとホッとする。

そうか、クロムは無事、テストを受けることができたのか。

それなら彼は間違いなく期待に応えてくれるだろう。私も私にできることをしなければならない。

「今から首謀者の屋敷へ向かうの。フェリ、お父様に連絡を入れて、帝国近衛騎士団の騎士を何名か寄越すよう言ってちょうだい。抵抗されて逃げられても面倒だから。目的は、クロム誘拐の首謀者、アネスト侯爵の捕縛よ」

『分かりました』

フェリの気配が消える。父に話をしに行ってくれたのだろう。

父の手配は早く、アネスト侯爵の屋敷に着いた時には、十名ほどの騎士たちがすでに私のことを待っていた。

とはいえ、甲冑《かっちゅう》姿ではない。胸当てとマントをつけただけの軽装姿だ。もちろん帯剣はしている。

——早いわね。

なんとなくだけど違和感があった。いくらなんでも駆けつけるのが早すぎないか。

気にはなったが、早いに越したことはない。

騎士たちが私に気づき、跪《ひざまず》いた。

「姫様。皇帝陛下の命を受け、まかり越しました」

「ありがとう。目的はアネスト侯爵の捕縛よ。戦闘になる可能性もあるから気をつけてちょうだい」

「はっ！」

「あら、ブラン」

騎士の中に見知った顔がいることに気がついた。ブランは「や」とこちらに向かって手を振っている。

「なんか分からないけど、行けって言われてさ。まさか天使ちゃんがいるとは思わなかった〜」

「お前！　姫様に対し、失礼だぞ！」

ブランの隣にいた騎士が彼の頭をはたく。ブランは気にした様子もなく「もう、ここ本当にキツイんだけど」と言っていた。

どうやらそれなりに馴染んでいるようだ。

気持ちを切り替え、アネスト侯爵の屋敷を見上げる。

「行くわよ」

素直に呼び鈴を押すつもりはなかったので、門扉を開け、敷地内へと進む。

門扉には鍵は掛かっておらず、屋敷の玄関まで歩く間も私兵などの姿は見えなかった。

不気味なくらいに静かだ。

もしかして、もう逃げられてしまったのだろうか。焦りつつも玄関に辿り着くと、何故かそこにはレクスがいて、私たちに向かって頭を下げていた。

「え……レクス？」

——どうしてレクスがここに？

今は学園でテストを受けているはずの彼がいることに驚き、目を見開く。

動揺する私を余所に、レクスは静かに告げた。

「お待ちしておりました、ディアナ様」

まじまじとレクスを凝視する。レクスは顔を上げると、なんとも言えない顔をして言った。

「アネスト侯爵の元までご案内しますよ。あの屑《くず》、この期に及んで逃げようとしたので、縄で縛りつけてありますから」

「えっ……」

予想外すぎて言葉に詰まる。レクスを凝視すると、彼は小さく笑いながら玄関の扉を開けた。

「中へどうぞ。あの屑のところへ行くまでの間、質問があれば答えますので」

「え、ええ」

レクスに促され、中へと足を踏み入れる。

屋敷内には使用人たちがいたが、彼らは私たちを見ても何もしなかった。ただ、部屋の隅に固まって困惑したような顔をしている。

きっと彼らにも今の状況が理解できていないのだろう。そんな気がした。

「こちらです」

レクスが廊下を歩いていく。彼に対し疑問は尽きないが、警戒しようとは思わなかった。

私には帝国近衛騎士団がついているし、レクスから敵意を感じなかったから。

レクスの後を追いかけながら尋ねる。

「そ、その……どうしてレクスがアネスト侯爵の屋敷にいるの？」

一番気になったのがこれだ。私の質問にレクスは一瞬足を止め、こちらを振り返った。

そうして一言。

「――アネスト侯爵は私の父なのです」

そう言った。

「父親……？　え、でもあなた、オッド侯爵の孫って……」

「ええ、嘘ではありません。祖父の娘、つまり私の母があの屑と結婚し、私が生まれましたから」

「……」

淡々と語るレクスを見る。彼の顔には表情と呼べるものは何も浮かんでいなかった。

「あの屑は、本当に屑なのですよ。結婚した母に対し、言葉の暴力を投げつける毎日。母は病み、実情を知った祖父は、屑と母を離婚させ、私たちを引き取りました」

「そうだったの。それであなたは祖父の姓を名乗っていたのね」

「ええ。あの屑の姓など名乗りたくはありませんから。それに祖父のお陰で縁は切れています。あれとは無関係。そう思って生きてきたのですけどね」

「……」

吐き捨てるように言い、レクスが歩みを再開させる。その後を無言でついていった。

「少し前、あの屑が妙な動きをしているらしいという情報を得ました。あの男は、昔から碌なことをしでかさない。こちらに迷惑をかけられても困ると思い、引き続き様子を窺わせていたのですが、昨夜、まさかの話を聞かされたのです」

「……話って、まさか」

「ええ。クロムくんのことが気に入らず、嫌がらせを行っているという話です」

躊躇せず告げるレクスの声音に、アネスト侯爵を庇うような響きは一切なかった。むしろ忌み嫌っているように感じる。

「しかも聞けば、あろうことにあの屑はクロムくんの誘拐をも企んでいるとのこと。放置などできるはずがない。ですから私はひとり、この屋敷に向かい、あの屑を問い詰めていたというわけです」

「そう、だったの。でも、今日は卒業テストでしょう？　何もこんな日に来なくても。テストが終わったあとでも良かったのではないの？」

「己の父が犯罪を行っていると知って、のうのうとテストを受けられるほど、私の倫理観は死んでいません」

「……そうね」

その通りだ。私だって、そんな状況になったら、テストなんて気にしていられない。

普通の感性と倫理観を持っているのなら、当然そうなるだろう。

「ごめんなさい。酷いことを言ったわ」

「いいえ。言いたくなる気持ちも分かりますから。今は、クロムくんの誘拐を止めさせるか、もしくはすぐに解放しろと屑を問い詰めていました。その様子ですと、無事、クロムくんは解放されたようですね」

「ええ、テストにも間に合ったわ」

多分、一番気にしているだろうことを告げた。レクスが安堵に満ちた声を出す。

「そうですか。屑のせいで彼の未来が損なわれるようなことにはなって欲しくなかったので、本当に良かったです」

そうして、廊下の一番奥にある扉の前で立ち止まった。振り返り、私たちに言う。

「ここが屑のいる場所です。どうぞ」

レクスが扉を開ける。

彼に招かれ、室内に足を踏み入れると、中は重厚感のある執務室だった。

窓の側には大きな執務机があり、その前には客をもてなすためのソファが設置されている。そのソファに、縄でグルグルに縛られたアネスト侯爵が転がされていた。

彼は猿ぐつわを噛まされ、フガフガと抵抗している。まるで芋虫が蠢《うごめ》いているようだ。気持ち悪い。

「……」

「お探しの屑です」

「……」

淡々と紹介されるも、なんと言って良いのか分からない。愕然としていると、一緒に来ていた騎士のひとりが私に聞いた。

「姫様。猿ぐつわを外しましょうか？」

「そ、そうね。話を聞きたいし」

ハッとし、指示を下す。騎士たちがアネスト侯爵の側に行き、猿ぐつわを外した。レクスは何も言わない。好きにしてくれと言わんばかりだ。

猿ぐつわを外す。途端、アネスト侯爵は罵詈《ばり》雑言を吐き始めた。

「こ、この、親不孝者！　父親をこんな目に遭わせおってからに！　許さぬぞ！」

「許さないと言われても、あなたのことを父と思ったことはないので。父親面される方が困ります」

レクスが絶対零度の視線を己の父親に向けた。

だが、父親の方は聞く耳を持たないといった態度で、ワアワアとみっともなく騒いでいる。

「私はれっきとしたお前の父親だ！　今回のことだって、お前のためにやってやったというのに、この恩知らずめ！」

「私のため？　それはどういう意味です？」

レクスが片眉を吊り上げる。アネスト侯爵は大声で告げた。

「お前を皇女の婿にして、未来の皇帝にしてやろうとしたのだ！　そのために根回しして、皇女の結婚を延期までさせた。あの男が学園に入ってからは、どうにか条件を達成させまいと色々手を尽くしてやったのに！」

そうしてアネスト侯爵は、今までどれだけ自分が頑張ったのかを語り始めた。

レクスに心酔する生徒会役員を懐柔し、わざと私たちに七不思議のことを教えず遭遇させたり、ドミノ倒しを装って、クロムを突き落とさせたりしたのも彼だった。

生徒会役員たちは、レクスこそが皇女の相手に相応しいと聞かされ賛同し、喜んでアネスト侯爵の命令に従ったのだとか。

話を聞いていたレクスが愕然としていたから、彼は知らされていなかったのだろう。気の毒な話だ。

リアルグリズリーの件もアネスト侯爵の仕業だった。口の堅い部下を使い、わざと私たちがいる場所辺りに捕らえたリアルグリズリーを放ったのだとか。

それを彼は、息子のためにしてやったのだと堂々と言い放った。

「全てお前のためにしてやったのだ。お前が皇女の婿になるために。これが親心でなくてなんだというのか‼」

「親心？　別に頼んでもいないことを勝手にしておいて親心ですか。大体、私とあなたはすでに親子の縁が切れているはず。私が皇女殿下の婿になったところで、あなたとは何も関係ないはずですが」

レクスが冷静に指摘をするも、アネスト侯爵は聞かない。カッとなって言い返した。

「そんなわけないだろう！　お前は私の息子だ‼　あの女が勝手に跡継ぎであるお前を連れ帰っただけのこと。私は断じて認めていないぞ‼　お前は皇女と結婚して、ゆくゆくは皇帝となるのだ！そうすれば私の立場は今よりももっと良くなる！」

ギャアギャアと騒ぐアネスト侯爵をただ見つめる。

どうやらアネスト侯爵は親子の縁を切ったはずのレクスのことを未だ息子だと認識しているらしい。

そのため、クロムに代えて、己の息子を使おうなどという考えが出たのだ。

おそらくは、いや確実に、裏から息子を操り己が実権を握るために。

クロムと出会う前にしていた見合いで散々見た男たちと全く同じ考えだ。そういう男たちに私はうんざりし、己の実力で黙らせてきたのだけれど……アネスト侯爵はどうやらその辺りは知らなかった……というか、気にもしていなかったのだろう。

皇女に己の息子を宛がい、後に皇帝にして、実権を握る。

彼にはその未来しか見えていなかったから。

だからこそ、私がクロムを連れて来たことが許せなかった。そして許せないのなら、排除するしかない。とても分かりやすい話だ。

ただ、アネスト侯爵にとって計算外だったのは、彼の息子が自分をおそろしく嫌っていたということ。

貴族の子供は基本的に父親を尊敬し、言うことを聞くように育てられるし、実際、そう育つのが普通だ。だが、彼の息子レクスは違った。

彼自身が告げた通り、父親を激しく嫌っている。

「あなたは知らないでしょうが、母は今も屋敷で療養しているのですよ。私は母をこんな目に遭わせた屑を絶対に許しません。息子などと二度と言って欲しくないですね」

レクスの声は冷え冷えとしていて、彼が本心から父を憎んでいることが伝わってくる。

「ディアナ様はクロムくんを選んだ。それが彼女の決定で、皇帝陛下がよしとした以上、私たちはそれに従うのみです。それを自分に都合が悪いからひっくり返そうなどと、己の立場を弁《わきま》えていないにもほどがある。あなたと血が繋がっていることが本当に恥ずかしいですよ。二度と私に関わらないで下さい」

「レクス！」

吐き捨てるように告げる息子をアネスト侯爵が睨みつける。ここまでレクスが言っても、彼はまだ自分が息子から見放されているのだと理解できていないようだ。

縄を解けやら、あの女の育て方が悪かったやら、今からでも遅くないからうちに戻ってこいやら、叫んでいる。

そんな姿を見て、私は察した。

——この人には何を言っても無駄なんだ。

ここまで言葉を尽くしても、アネスト侯爵は理解できない。いや、理解しようとしないのだ。

自分に都合が悪いことは聞こえない。そういう人間がいることは知っていたが、まさに彼はそのタイプ。

今も彼は自分には非がないと本気で思っているようで、むしろ息子を罵倒し始めている。

親心を解さない親不孝な息子、ということらしいが、レクスはすでに対話を諦めたのか、ため息を吐くばかりだった。

「姫様」

「……そうね。これ以上は意味がないわ。捕まえてちょうだい」

窺うように声をかけてきた騎士に返事をする。これ以上アネスト侯爵に付き合うのは時間の無駄でしかない。

彼にクロムにしたことを反省させたかったが、この分では自分が悪いことをしたとも思わなそうだ。

「……はあ。……え」

仕方ないと思った次の瞬間、突如として火の玉が現れ、アネスト侯爵を襲った。無防備だった侯爵は為《な》す術《すべ》もない。火の玉は炎そのものとなり、彼の身体を激しく燃やす。

「うわああああああああああ‼」

一体何が起こったのか、愕然とその場に立ち尽くしていると、炎の精霊リーリアがいつの間にかアネスト侯爵の前に現れていた。

リーリアは火の玉をいくつも出現させ、アネスト侯爵を攻撃している。

「リ、リーリア……何を……！」

『己の欲望のために、主を陥れようとした愚か者。お前に生きている価値はない』

その言葉で、先ほどの攻撃主もリーリアであったことに気づく。

リーリアの目は爛々《らんらん》と輝いており、怒りを堪えきれない様子だった。

「熱い！　熱い！　だ、誰か助けろ‼」

アネスト侯爵が叫ぶ。だが、彼が真っ先に頼ったレクスは身動きひとつしなかった。

むしろ薄《うっす》らと笑っている。

「いい気味です。そのまま焼け死んでしまえばいい。そうすれば母の苦悩がひとつ減る。最後に少しは役に立てて良かったですね」

全く助ける気のない息子に、己の命の危機を本気で悟ったアネスト侯爵が、必死に魔力を練り上げ魔法を使い、炎を消した。彼も大臣として仕えているくらいだ。魔法だってそれなり以上に使える。

だが、リーリアはそれを許さず、再度火の玉を出現させ、彼を燃やした。

『こざかしい』

「ああ!!　ああああああああああああ!!」

再び炎がアネスト侯爵を包み込む。熱さに叫びながらもアネスト侯爵はもう一度炎を消した。

ものすごい胆力だ。だが、リーリアは鼻で笑い、三度火の玉を呼び出した。その目は憎しみに満ちており、執念にはゾッとするものがある。何度も何度も、ふたりの攻防戦が繰り返される。

「リ、リーリア……！」

さすがにやり過ぎだと思ったが、リーリアは一切手を緩めなかった。

『己の罪すら自覚できない愚か者に情けをかける必要はない』

「で、でも、このままでは死んでしまうわ！」

私も最初は犯人に目に物見せてくれると息巻いていた。だが、いくらなんでもやり過ぎだ。

こんな残酷な真似、彼の主人であるクロムだって望んでいない。

そんな中、ついに根負けしたのかアネスト侯爵が叫んだ。

「悪かった！　お前の主人を陥れようとした私が愚かだった!!　謝罪する！　償いをしろと言うのならどんなことでもする！　二度と関わらないと約束するからもう……もう、止めてくれ!!」

いくら自分は悪くないと思っていても、何度も燃やされ続ければ、気持ちだって挫《くじ》ける。

アネスト侯爵からしてみれば、なんでもいいからこの拷問のような責め苦から解放して欲しいということなのだろう。魔力もそろそろ尽きてきたようだし。

本気で反省しているかは甚だ疑問だが、二度とクロムに近づかないのは確かだと思う。だって何かすれば、リーリアに燃やされる。それを彼は実体験として知ってしまったから。

「リーリア！」

『……分かった』

お願いだから止めて欲しいと懇願すると、リーリアは残念そうにではあるが、燃えている炎を消してくれた。

そうして姿を消す。

アネスト侯爵を見れば、幸いにも服が焦げているだけで、肌には殆ど火傷を負っていないようだった。

多分、リーリアが火力を調整していたのだろう。制御できないという話だが、怒りの中でも相当努力して、力を抑えていたようだ。

おそらくは、主であるクロムに迷惑をかけないために。

やり過ぎては、クロムを困らせると彼は分かっていたのだ。

「良かった……」

「炎……炎が私を……」

だがアネスト侯爵には、トラウマレベルに怖かったようで、彼はブルブルと震えていた。

熱さがあったのも痛みがあったのも本当だったのだろう。絨毯《じゅうたん》の上で座り込むアネスト侯爵を騎士たちが立ち上がらせた。

「姫様。アネスト侯爵を連れて行きます」

「ええ、お願い」

ホッとしつつも頷く。騎士たちが出て行く時、ブランが声をかけてきた。

「天使ちゃん」

「何？」

返事をするとブランは小声で私に言った。

「あとのことは任せといて。俺も結構怒ってんだよね。だって狙われたのはクロムなんだろ？　さすがにね、腹立たしいから、無罪放免なんてことにだけはならないように、ちゃんと目を光らせとくよ。なんかありそうなら連絡するし」

「あの様子なら大丈夫だとは思うけど、お願いね」

「ああ」

ヒラヒラと手を振り、ブランが出て行く。彼が見ていてくれるのなら、変なことにはならないだろう。騎士たちが出て行ったあと、部屋に残されたのは私とレクスだけになった。

レクスが私の前にやってくる。彼は深々と頭を下げた。

「ディアナ様。この度は本当に申し訳ありませんでした。父に代わり、謝罪致します。腹立たしいことではありますが、血の繋がった親子であることは確か。共に罪を償えと仰るのならその通りに致します」

「必要ないわ」

レクスの謝罪に首を横に振った。

だってレクスは関係ない。彼はどちらかといえば、被害者側ではないだろうか。

それでも頭を下げられるレクスのことを、格好良い人だと素直に思った。

「あなたに罪を償えとは言わない。今まで知らなかったみたいだし、アネスト侯爵とは実際関係を絶っていたのでしょう？」

「はい。ですが、もっと早くに気づけていれば……」

「それこそ言っても仕方ないわ。でも――」

レクスを見た。

誠実そうな瞳と態度は、好感が持てる。

もし彼とクロムに会う前に出会っていたら、と、以前にも少し考えたことを再度思ってしまった。

クロムに会っていなければ、私は多分レクスと結婚したのではないだろうか。

彼の人柄を知り、彼とならやっていけると判断した可能性は十分ある。

とはいえ、それは『もし』の話で、実際とは違う。

私はクロムと出会ったし、彼を愛した。

今更別の人が現れたところで、その人とどうにかなる、なんてことにはならないのだ。

それがどれだけ素敵な人であろうとも。

クロムでないのなら、私には意味がない。

「……どうしました？」

じっとレクスを見つめていると、不思議そうな顔をされた。

そんな彼に私は「なんでもないわ」と告げ、こうして一連の事件は幕を閉じたのだった。

第七章　次期女帝、己が願いを摑み取る

「首席、クロム・サウィン」

「はい」

登壇した学園長が、クロムの名前を呼ぶ。

クロムが返事をし、表彰台へと上がった。

今日は、アインクライネート魔法学園の卒業式。

私たち卒業生は、学園の敷地内にある講堂に集まり、最後の成績発表を受けていた。

アインクライネート魔法学園では卒業テストの結果は張り出さないし、分からないままだ。

卒業式で最終成績順に呼ばれるから、それで大体のところを知るだけ。

クロムは卒業テストに間に合ったし、本来ライバルになりうるはずだった私やオスカー、レクスが試験を受けていないということでほぼ敵なし状態だとは分かっていたが、それでも名前を呼ばれるまでは不安だった。

最初に呼ばれたクロムが卒業証書を受け取る。それを見て、泣きそうなほどホッとした。

クロムは大臣たちとの賭けに勝ったのだ。

――良かった。本当に良かったわ。

一時はどうなることかと思った。

アネスト侯爵が捕まったことで、なくなるかと思われた今回の賭け。それは父の命により続行の運びとなっていた。

ここまで来て、全てなしにするのはさすがにどうかと父が言ったからだ。

クロムが首席卒業できれば、約束通り結婚を認めると、父が残った大臣たちに改めて約束させていたこともあり、これで彼と結婚できると本当に嬉しかった。

◇◇◇

「クロム、おめでとう！」

卒業式が終わり、講堂を出ると、オスカーが話しかけてきた。

「君が一位だとは思っていたけど、実際に聞くとホッとしたよ。これで君たちは無事、結婚することができるわけだ。本当におめでとう。心から祝福するよ」

「ありがとうございます」

オスカーが握手を求め、クロムも笑顔で手を取った。オスカーが私たちに言う。

「結婚式の招待状を待っているよ。何があろうとも、絶対に行くから」

「ええ、来て。真っ先に招待状を送るわ。ね、クロム」

「ああ。殿下、色々とありがとうございました」

クロムが頭を下げる。

オスカーには本当に世話になったから、これでお別れと思うと寂しいという気持ちになる。

だけど、もう二度と会えないわけではない。

彼はフーヴァル王太子で、私たちはメイルラーン帝国の皇族。これからいくらでも会う機会はあるし、今後も親交を深められたらいいと思う。

そうしてオスカーと別れた私たちは、帝城へと向かった。

もちろん、結果報告するためだ。

父が用意してくれていた馬車に乗り込む。帝城に着いた私たちは、すぐに父の執務室へと通された。

「よく戻った」

執務室では父と大臣たちが揃って私たちを待っていた。

何故かその場には師匠もいたが、もちろんアネスト侯爵はいない。彼は大臣職を罷免されたのだ。

財産も九割以上が差し押さえられ、侯爵位も返上となった。

皇女の婚約者を陥れようとした罰と思えば、温いくらいだと思う。

父が私たちに向かって言う。

「今日はアインクライネート魔法学園の卒業式だったわけだが――早速だが結果を聞こうか。クロム殿、君の成績は？」

「約束通り、首席卒業しました。どうぞ」

クロムが父の前に出て、持っていた卒業証書を渡す。卒業証書には順位が書かれているのだ。

ちなみに私は三十五位というなんとも情けない、下から数えた方が早い順位だが、最終成績にダイレクトに反映される卒業テストを受けていないと考えれば、これでもかなりマシな方ではないだろうか。オスカーは四十八位だったので、彼には勝ったし。

「確かに、卒業証書には総合一位と書かれてあるな」

父が卒業証書を確認し、頷く。その場に居並ぶ大臣たちに卒業証書が見えるよう掲げた。

「この通り、クロム・サウィン殿は我々の出した条件を見事クリアしたわけだ。彼を娘の結婚相手と認めること、異論はないいな？」

「……」

大臣たちが黙り込む。父が楽しげに言った。

「彼は再三に亘《わた》るアネスト侯爵の嫌がらせにも耐え、この成績を残したわけだが――まだ文句がある者がいるなら前に。私が直接聞こうではないか」

アネスト侯爵の名前を出された大臣たちが、なんとも言えない顔をした。彼がしでかしたことを当然皆、知っているのだ。

この状況で、さすがに文句をつけられない。彼らは不承不承ではあったが、揃って頭を下げた。

前回、文句をつけてきた筆頭であるエリッサ公爵が皆を代表して口を開く。

「私共に異論はありません」

異論はないと言いつつ、ものすごく不満そうだ。クロムを追い出そうと考えていたのが失敗に終わったのだろうから、そんな顔になるのも分かるけど。

エリッサ公爵についても実はいくつか怪しい話があり、今、確証を得るべく水面下で動いているところだ。他にも何人か不穏な動きをしている大臣がいるが、そちらについても父が調べさせている。

自《おの》ずと結果は出るだろう。

その辺りのことはおくびにも出さず、父が告げる。

「そうか。ならば、決まりだ。ふたりの結婚についてふれを出せ。結婚式は三カ月後とする」

「はっ……」

深々と頭を下げ、大臣たちが執務室から出て行った。

残ったのは私とクロム、そして師匠と父の四人だけだ。

父が私たちに視線を向ける。

「結婚式は三カ月後と決まった。準備もあるし、これ以上は早くできない。構わないな？」

「はい」

皇女の結婚なのだ。三カ月でも早いくらいなのは分かっているので了承を告げる。

クロムも安堵したように息を吐いていた。

更なる難癖をつけられたらどうしようと考えていたのだろう。

可能性はゼロではないので、杞憂にならないことを祈るだけだ。

「……お父様」

今後のことについて師匠としている父に声をかける。

ひとつ、どうしても聞いておかなければならないことがあった。

私の声が真剣な響きを帯びていることに気づいたのだろう。父が私の方を見た。

「なんだ」

「聞きたいことがあります」

「良いだろう」

先を促され、口を開いた。

「――今回の件、もしかしなくても全部お父様の差し金ではありませんか？」

「え……？」

クロムがギョッとした顔で私を見る。父はただ静かに笑っていた。

やはりという気持ちが湧いてくる。

「おかしいと思ったのです。そもそもお父様が決めたことに、大臣たちが直前になって反対するなどあり得ない、と。いつものお父様なら、まず反対意見など出させないはず」

父は皇帝だ。

メイルラーン帝国という巨大な国をたったひとりの存在で支えている。

その権力は想像を絶するものがあり、大臣たちなど添え物でしかないのが実情だと知っている。

いくら大臣たちでも父が許さなければ、発言権などないのだ。

それを彼らの好き勝手にさせた挙げ句、アネスト侯爵の暴走まで許した。

ずっと何かおかしいと、違和感を覚えていたのだ。

あと、アネスト侯爵の捕縛のために借りた騎士があまりにも速く到着したことも変だと思っていた。

まるで最初から私が騎士の派遣を要請することが分かっていたかのような速さだったから。

でもその答えが父の顔を見た瞬間、出たと思った。

「アネスト侯爵についても、本当は最初から分かっていたのでしょう？　私たちがどう対応するのか見たかったからわざと泳がせていた。そうなのではありませんか？」

父がニヤリと笑う。

それだけで私の考えが正解だったのだと分かった。

「お父様……」

「大事な娘をやるのだ。このくらいの試練、躱せる男でないと困るからな」

「……」

当然のように言う父を見る。

「クロム・サウィン殿を私が気に入り、婿にしたいと思ったのは事実。だが、私は実際の彼を知らない。どのような人物なのか、危機に対しどういった行動を取れるのか、何も知らないのだ。そんな男に娘をやることはできないだろう。当然だと思うが」

「当然って……」

「どうしようか考えていたところ、大臣たちの企みを知ったのだ。自分たちに都合の悪い婿など排除したいというくだらない企みを。潰すのは簡単だが、クロム・サウィン殿を試すにまたとない機会でもある。だから言わせてやったのだ。皇帝である私の決定に反する意見をな」

堂々と語る父からは、まさにメイルラーン帝国皇帝と言うべき威厳を感じた。

「お前たちに何が起こっているのか、もちろん全部知っていた。だが、これはお前たちの試練。私が手を出すのは違う。だからずっと見ていたのだ。こんなものすら撥ね除けられないようなら、どのみちお前たちに未来などないからな」

皇帝として見定めていたのだと告げる父を見つめる。父は私たちを見ると、フッと視線を緩めた。

「お前たちは見事試練に応えた。大臣たちの用意した罠《わな》をクリアしただけでなく主犯を捕まえ、首席卒業もしてみせた。これなら私の跡を継ぐ者として認めても良いだろう。――ああ、アネスト侯爵たち以外にもくだらない企みをしていた者はいたが、それについてはすでに証拠を摑んでいるから心配するな。お前たちの結婚に不穏な影など必要ない。帝国の未来は明るいものでなくてはならないからな」

父がクックッと笑う。

なるほど、父は私たちがメイルラーン帝国を託すに相応しいか見ていたと、そういう話だったようだ。

それは皇帝としては正しいことで――だが、納得できるかといえば、できなかった。

「お父様の仰ることは分かりました。しかし、他にもやりようがあったのではありませんか？」

正直、アネスト侯爵のやり方は姑息《こそく》だったし、一歩間違えれば命を失う可能性だってあった。

それを知っていただけに素直に頷けなかったのだ。

あと、やっぱり父に試されていたことが腹立たしかった。

父を睨み、文句を言おうと口を開く。だが、そんな私をクロムが止めた。私の肩に手を置き、首を横に振る。

「ディアナ」

「クロム……！　止めないでよ！　一言言わないと気が済まないの。あなただって腹が立つでしょう？　こんな風に試されていたなんて」

「いや、当然のことだと思う。どこの馬の骨とも知れない男に娘を任せられないというのはよく分かるし、試したいと思われるのも理解できる」

「嘘でしょ！　そんな良い子にならなくてもいいのよ⁉」

試されてムカついたくらいは言っていいと思ったのだが、クロムは本当に怒っていないようだった。

腹立たしいと思っているのは私だけなのか。うぐぐと呻いていると、執務室の扉がノックされた。

父が返事をする。入ってきたのは、すでに引退し、別荘で祖父と悠々自適に暮らしているはずの祖母だった。

「え、お祖母様《ばあ》？」

「ディアナ、久しぶりねえ」

ニコニコしながら私に手を振る祖母。小さな、どこにでもいるおばあさんにしか見えないが、彼女こそが現皇帝である父を産んだ人だ。

離れた場所で暮らしているので、私も一年に一度くらいしか会っていない。しかも、いつもはこちらから会いに行くので、祖母の方から訪ねてきたことに驚いた。

「お祖母様……どうしてこちらに？」

祖母に駆け寄り、その手を握る。

祖母は杖を握っていたが、腰は真っ直ぐで、しゃんとしていた。彼女はニコニコ笑うと「ディアナのお婿さんに会いに来たのよ」とおっとりした口調で言った。

「え、クロムに？」

「ええ、家族になるのだもの。挨拶に来てもおかしくはないでしょう？」

「は、はい。それはもちろん」

それなら祖父も連れて来れば良かったのにと思いつつも返事をする。彼女はキョロキョロと周囲を見回し、クロムを見た。にこりと笑う。

「お久しぶりねえ、クロムくん。その節はありがとう。お陰で必要以上に腰を痛めずに済んだわ」

「ん？」

なんの話だ。

状況が理解できないでいると、クロムが「あ」と声を上げた。

「あの時の……！」

「ええ、本当に助かったわ。あの時は碌にお礼もできなくてごめんなさいね」

「ちょ、クロム！　あの時ってどの時のことよ！」

話についていけない。クロムに聞くと、彼は「俺が遅刻したテストの日のことだ。君には話したと思う」と言ってきた。

「……遅刻した日。あ、もしかして、腰を痛めた女性を助けたって言ってたあれ？」

「そうだ」

「ああ！」

なるほど、と得心した。

二度目に受けたテストで、彼は一位を取れなかったのだ。あの時、私とオスカーが彼に詰め寄り理由を尋ねたのだけれど、クロムは「女性を助けていて遅れた」と話していた。

「え、その女性がお祖母様だったの⁉」

ものすごい偶然もあったものだと思いクロムを見ると、クロムは「ああ」と肯定した。

祖母の前に行き、笑みを浮かべる。

「あのあと、どうなったのか気になっていたんです。その後、腰の具合はいかがですか？」

「お陰様で、絶好調よぅ。ふふ、ディアナってば、いいお婿さんを見つけたのねえ。孫の婿になる男の子がどんな子なのか見に行ってみたら、まさかの腰をやってしまうのだもの。びっくりしたわ。でも、そのお陰で、彼がとっても優しい素敵な人だって分かったの。登校中だったにもかかわらず、迷わず私を助けてくれて。私があと五十歳若かったら、絶対に放ってはおかなかったわ」

「……お祖母様」

まさか祖母までクロムを見に来ていたとは知らなかった。

しかも、祖母の言い方だと、どんな男か見定めに来ていたみたいだったし。

とはいえ、クロムは見事に祖母に気に入られたようだけれど。

今もクロムの手を握り「早く、家族になりましょうねえ」と嬉しそうに言っている。

「結婚式が楽しみだわ。上皇陛下と一緒に参列するからね」

「……」

笑顔の祖母を愕然と見つめる。

今回、色々あった妨害。私はその全てがアネスト侯爵のしたものだと思っていた。

クロムが女性を助けたと聞いた時も、なんならアネスト侯爵の企みかもしれないと考えていた。

だってそうだろう。実際、クロムは遅刻し、順位を落としたのだから。

それがまさか、己の祖母だったなんて、しかも、クロムに助けてもらっていたなんて誰が思うというのか。

「わあ……」

人生、想像もしないことが起こる。そう思ってしまう話だった。

「ディアナ、ディアナ」

遠い目をしていると、今度は師匠がツンツンと、杖の先で肩をつついてきた。

「なんですか、師匠」

「もうこの際だから言うケド、実はサ、君たちが精霊世界に落ちた時、すぐに助けに行かなかったのって、兄上に言われていたからなんだケド」

「……は？」

「元々、兄上に言われていたんだよネ～。どっかでふたりを試せそうな機会があったら、どんどんやって欲しいっテ。だからすぐに助けに行かずに兄上に報告に行ったんダヨ。なんか精霊世界に落ちたみたいだから、これを利用しないかっテ！」

「……だから、連絡が入るのも遅かったし、自力で出てこいなんて急に試練をふっかけたんですね」

「ウン！　君たちならできるって信じてたシ！　試練って厳しい方が本人のためになるしネ！」

キラキラした目で言われたが嬉しくない。

あっちからもこっちからも試されまくっていたという現実に気が遠くなりそうだ。

ここまで来ると、アネスト侯爵の件が些細なことのように思えてきた。

クロムを見れば、彼は祖母に構われ、困った顔をしつつも笑っている。それを父がニコニコしながら見つめていた。

いつの間にか師匠もクロムを構いに行っている。

「なんかもう……いいか」

あまりにも平和な光景を見ていると、いつまでも腹を立てている自分が馬鹿らしくなってきた。

色々あったが、全ては片付き、クロムは皆に受け入れてもらっている。それならもう私が言うことは何もない。

望んだ通りの景色が、今ここにあるのだから。

「……うん」

だから私も皆と同じようにクロムのところへ行き「私のクロムなんだからね」とその所有権を強く主張した。

終章　次期女帝、結婚する

早いものであっという間に三カ月が過ぎ、結婚式の日がやってきた。

今日の式にはオスカーはもちろんのこと、彼の側近であるオグマや、クロムの両親も参列している。

式は帝城の隣に立つ大聖堂で行われる。

私がいるのは大聖堂にある控え室のひとつ。

着つけも終わり、今は花婿となるクロムが来るのを待つばかりだ。

「……ディアナ、いいか？」

椅子に座ってクロムが来るのを待っていると、しばらくして扉がノックされた。聞こえてきたのはクロムの声だ。

「ええ、どうぞ」

入室を許可する。扉が開き、クロムが中に入ってきた。彼が着ているのは、メイルラーン帝国の軍服。

メイルラーン帝国の皇族は結婚の際、軍服を着る決まりがあるのだ。

私と結婚し、皇族入りをするクロムもそれは同じで、黒い詰め襟軍服の上に大綬《たいじゅ》という格好だったが、とてもよく似合っていた。

「クロム、とても素敵だわ」

お世辞抜きに格好良い。心から褒めると、彼は照れたように笑った。

「ありがとう。でも君には敵わない。ディアナ、すごく綺麗だ。君を妻に迎えることができる俺は幸せ者だな」

「ありがとう。私もあなたが相手でとても幸せだわ」

嘘のないクロムの言葉が心地好い。

椅子から立ち上がった私はその場でくるりと回ってみせた。

私の婚礼衣装は、ウエストを絞った、マーメイドラインが美しいもの。胸元が大胆にカットされているので、大きなダイヤのネックレスがよく映える。

ドレスにはレースがふんだんに使われており、とても華やかな仕上がりとなっていた。

長いヴェールを被っているが、今は上げている。式の直前に下ろせばいいだろう。

祖母が絶対に私に似合うからと勧めてくれたのだけれど、クロムが喜んでくれたのなら良かった。

『さすがは私のお育てした姫様。隙のないウエディングドレス姿です』

いつの間に姿を現していたのか、女官姿のフェリがうんうんと頷く。その隣にはクロムの契約精霊であるリーリアもいた。

フェリがツンとした顔でクロムに告げる。

『そういえば言っていませんでしたが、首席卒業おめでとうございます。私との約束を守ってくれたこと、感謝していますよ』

「約束？」

『私に騎乗するのですから、絶対に首席卒業しろと言いました』

「なるほど」

フェリの言い分に頷く。クロムがフェリに向かって律儀に頭を下げた。

「あの時は本当に助かった。お陰で賭けに勝つことができたんだ。俺を学園まで運んでくれて感謝している」

『姫様の命令ですから、礼は不要です。ですが、これからは姫様の伴侶、つまりはメイルラーンの皇族となるのですから、あなたのことも多少は気にかけてあげますよ。――では』

言いたいことだけ言って、フェリが消える。リーリアも何か言おうとしたが、フェリに首根っこを摑まれ、連れて行かれてしまった。

どうやら上級精霊には頭が上がらないらしい。碌に抵抗もできていないようだった。

それでも消える直前に『おめでとう』と言っていたから、彼なりに祝意を示すために出てきたのだろうと思われる。

「ふたりとも、お祝いに来てくれたのね」

再びふたりきりになった控え室で、呟く。クロムも頷き、私の腰を引き寄せた。

「えっ……」

クロムがじっと私の目を見つめている。真摯な光にドキッとした。

「ク、クロム、何？」

「いや、君が妻になる喜びを噛みしめていただけだ」

「噛みしめていたって……」

「俺はずっとこの日が来るのを待ち焦がれていたから」

「……クロム」

心から告げられた言葉が嬉しく、擽《くすぐ》ったかった。

だから私も言う。

「私も、ようやくあなたと結婚できることが嬉しいわ」

「ディアナ」

「結婚する前に、お礼を言わせて。あのね、私のために頑張ってくれてありがとう。私が皇女なんて面倒な立場だったから、あなたにはしなくてもいい苦労をさせてしまったわ。でも、それを全部乗り越えて、今も私の隣に立ってくれていること、すごく嬉しいって思ってる」

誰がどう見たって私は面倒な女だ。

将来皇帝になる皇女で、周囲も結婚に無条件で賛成というわけではなく、賭けやら試練やらを課してくる。普通ならもういいと逃げてしまってもおかしくないだろう。

でもクロムは逃げなかった。逃げずに全部の試練と賭けに打ち勝ち、ここにいてくれている。

心からの感謝を込めてクロムを見つめる。彼は笑い、当然のように言った。

「愛する君のためならどんなことでもできる。それに今回のことは俺自身のためでもあった。礼は要らない」

「うん」

「俺が君を愛しているから、君と結婚したいと思ったからやっただけだ」

そう言ってくれることが嬉しい。

クロムを見つめる。婚儀のために髪を固めたクロムはいつもよりも男ぶりが上がっているように見えた。

「クロム、愛してる」

「俺もだ」

「ずっと私と一緒にいて」

「言われずとも」

打てば響くように返ってくる答えが頼もしい。

ふたりで額を合わせ、笑い合う。

きっとこれからも大変なことは起こるだろうし、その度に私たちは色々、時には喧嘩だってしながら乗り越えるのだと思う。

それでもこの今の気持ちを覚えていれば、ずっと幸せでいられるのではないだろうか。

「――姫様、クロム様。お時間です」

女官が扉の外から挙式の時間を告げる。その言葉に返事をしながら私とクロムは手を取り合い、永遠の愛を誓う場所へと歩いていった。

あとがき

こんにちは。月神《つきがみ》サキです。

今回はまさかの『じゃじゃ馬皇女』の2巻となりました。

お話をいただいた時、すでに1巻を書いたあとだったため「やれるのか？　ここから続き？　何か話が展開できるのか……」と実はかなり悩みましたが、いざプロットを立ててみると、すらすらと話ができてしまいました。

動き回るディアナと振り回されても平然としているクロム。そしていい緩衝材となってくれたのが、オスカーでした。

前回とは別の学園でのお話となりましたが、また違った感じのディアナたちが書けてとても楽しかったです。


今回のイラストレーター様ですが、紫藤《しどう》むらさき先生にお願いしています。

1巻のイメージを保ちつつ、更に素晴らしい挿絵を描いて下さいました。

ディアナのお転婆な感じがとても可愛く、見ていて楽しい気分になります。

先生の描くオスカーの表情がとても好きで、彼が出てくるシーンがもっとあっても良かったのではと思ってしまいました。

紫藤むらさき先生、お忙しい中ありがとうございました。


さて、次作についてですが、次は前世の記憶持ちものを書こうかなと思っています。

前世、結婚を約束したふたりが不慮の事故で亡くなり、転生した先で出会う。

再会するまですっかり互いのことを忘れていたふたり。

彼らが紆余曲折を乗り越えたあと、どういう結論に辿り着くのか、皆様にも楽しんでいただければなと思います。

え？　暗い話っぽい？　いや、実はこれ、バッチバチのラブコメなんですよ。

だいぶ面白い人たちが出てくる。


それでは、今回はこの辺りで。

拙作にお付き合いいただきありがとうございました。

また次作でお会いいたしましょう！

月神サキ

フェアリーキス
NOW ON SALE
「君とは結婚できない」
kimi toha kekkon dekinai
と言われましても
ノンデリ上司にその気がある！
――と勘違いされてしまった部下は!?
Ichini Presents
イチニ
Illustration
眠々
容姿端麗、頭脳明晰、英雄と言われながらも性格が悪く傲慢極まりない――そんな騎士団長ジェラルドの秘書官をすることになったソフィア。継母からお給金を搾取されているため高給に釣られてしまったのだ。着任早々、なぜか彼に気があると勘違いされ否定すれば「結婚ではなく、愛人でよいと？」と説教が始まる始末。ついに我慢の限界が来てブチギレてしまうが、継母が勝手に決めた結婚相手から乱暴されそうになったところを彼に助けられて!?
フェアリーキス
ピンク
F
fairy kiss
Jパブリッシング　https://www.j-publishing.co.jp/fairykiss/　定価：1430円（税込）

私のことが大好きな最強騎士の夫が、二度目の人生では塩対応なんですが!?
2
死に戻り妻は溺愛夫の我慢に気付かない
Kotoko
琴子
Illustration
白谷ゆう
フェアリーキス
NOW ON SALE
愛しの元夫がライバル令嬢と婚約!?
死に戻った今世で、元夫だけが自分に冷たくなってしまった。そんな逆境にもめげず、元夫イーサンに猛アタックする侯爵令嬢アナスタシア。普段は素っ気ないのにピンチになると必ず助けてくれる彼に、戸惑いと期待で心揺れていたが――「もうイーサン様には関わらないでいただきたいんです」イーサンと婚約するという令嬢ルアーナから接近禁止を宣告されてしまい!?　絶望に打ちひしがれるアナスタシア。でもイーサンには隠された真意があるようで……？
フェアリーキス ピュア
fairy kiss

じゃじゃ馬皇女と公爵令息
両片想いのふたりは今日も
生温く見守られている2

著者　月神サキ

2024年5月5日　初版発行

発行人　藤居幸嗣

発行所　株式会社 J パブリッシング
〒102-0073　東京都千代田区九段北3-2-5 5F
TEL 03-3288-7907　FAX 03-3288-7880

製版所　株式会社サンシン企画

印刷所　中央精版印刷株式会社

ISBN：978-4-86669-667-6
Printed in JAPAN